_____ 님께,

당신의 교양 있는 삶을 응원합니다.

물어보기 부끄러워 묻지 못한

맞춤법 & 띄어쓰기
100

딱 100개면 충분하다!

교양 있는 어른을 위한 글쓰기의 시작

물어보기 부끄러워 묻지 못한

맞춤법 &
띄어쓰기
100

박선주(모던걸) 지음

새로운제안

—— 맞춤법을 틀리는 사람이 나쁠까, 틀린 맞춤법을 지적
하는 사람이 나쁠까?

여러분은 어떻게 생각하나요? 솔직히 말하면 저는 둘 다 이해가 됩니다. 맞춤법을 틀리는 사람도, 맞춤법을 지적하는 사람도 그 나름의 사정이 있을 것입니다. 전자는 본인이 틀린 맞춤법을 쓰는 줄 모르거나 아니면 어디서 맞춤법을 배워야 할지 모를 수도 있습니다. 맞춤법을 안 지켜도 된다고 생각할 수도 있고요. 그리고 후자는 사람들이 맞춤법을 안 지켰을 때 생길 수 있는 일을 우려하거나 '이에 고춧가루가 꼈어' 정도의 느낌으로 애정을 담아 지적하는 것이 아닐까 합니다. 악플이 무플보다 낫다고 하잖아요.

본 책은 저 둘의 화해를 도모하기 위해 썼습니다. 맞춤법에 맞게 글을 쓰고 싶은데 어디서 바른 정보를 얻어야 하는지 모르는 사람들, 맞춤법을 공부하고 싶어도 어려울까 걱정돼 이내 마음을 접었던 사람들, 글을 쓸 때마다 맞춤법 때문에 멈칫했던 사람들에게 본 책이 도움이 되길 바랍니다. 맞춤법과 띄어쓰기의 핵심만 최대한 이해하기 쉽고 기억하기 쉽게 적었습니다. 헷갈리거나 기억이 안 날 때마다 옆에 두고 읽어보길 바랍니다. 수많은 맞춤법 책 중에 본 책을 골라 관심을 가져 주신 당신께 진심으로 감사하다는 뜻을 전합니다. 본 책에서 유용한 맞춤법

정보를 꼭 얻어 가길 바랍니다. 그리고 맞춤법을 자주 틀리는 가족, 친구, 직장 동료를 보며 안타까웠던 적이 있나요? 그렇다면 본 책이 애정을 담아 그들에게 선물하는 책이 되길 바랍니다.

2020년 '교양 있는 모든 걸'이라는 슬로건 아래 '모던걸 교양살롱'이라는 교양 유튜브 채널을 개설했습니다. '재미있고 자극적인 것들이 대세인 요즘에 교양이라니!', 시대에 역행하는 것 아닌가 하는 진심 어린 우려도 많았지만 저는 많은 사람들이 여전히 '교양 있는 삶'을 꿈꾼다고 생각합니다.

저는 교양 있는 삶을 꿈꾸지만 무엇을 공부하고 어떻게 정보를 얻어야 하는지 막막한 사람들을 위해 콘텐츠를 만듭니다. 그중 하나가 맞춤법이었고 그것을 글로 정리한 것이 바로 본 책입니다. 본 책이 당신의 교양 있는 삶에 조금이나마 도움이 되길 바랍니다. 그럼 오늘도 교양 있는 하루 보내세요!

2022년 가을
모던걸 박선주 드림

본 책을 활용하는 법

1. 책장에서 잘 보이는 곳에 두고 궁금할 때마다 찾아보세요

본 책은 가나다순으로 헷갈리는 맞춤법과 띄어쓰기를 수록했습니다. 책장에서 가장 잘 보이는 곳에 본 책을 꽂아 두고 궁금할 때마다 사전을 찾듯이 빠르고 편하게 찾아보세요.

2. 각 맞춤법에 제시된 말이 둘 다 맞는지 하나만 맞는지 확인해 보세요

각 맞춤법은 '가르치다 - 가리키다'처럼 두 말이 제시됩니다. 각각의 말은 둘 중 하나만 맞거나 둘 다 맞아요. 만약 하나만 맞고 하나는 틀렸다면 틀린 말은 잊어버리고 맞는 말을 여러 번 써 보면서 그 형태에 익숙해지길 추천합니다. 둘 다 맞는다면 두 말의 뜻과 쓰임의 차이에 주목해 주세요.

3. 각 맞춤법과 띄어쓰기의 처음에 나오는 예문의 답을 미리 보지 마세요

각 맞춤법과 띄어쓰기는 예문으로 시작합니다. 예문을 보고 이상한 것이 없는지 충분히 생각해 본 뒤 이어서 나오는 해설을 보면 좀 더 재미있게 읽을 수 있어요.

4. 문법 용어가 헷갈린다면 '맞춤법 핵심 용어'를 보세요

문법 용어를 알아야 내용을 이해할 수 있는 것은 아니지만 문법 용어를 알면 원리에 근거해 이해가 더 쉬워집니다. 본 책의 '2장 이해가 쉬워지는 맞춤법 핵심 용어'를 참고하세요.

5. 각 맞춤법과 띄어쓰기의 마지막에 있는 확인 문제를 풀어 보세요

각 맞춤법과 띄어쓰기의 마지막 부분에는 해당 맞춤법과 띄어쓰기에 대한 확인 문제가 있습니다. 두 말 중 좀 더 적절한 것을 골라 답과 비교해 보세요.

6. 동영상 설명이 보고 싶다면 QR 코드를 인식해 보세요

핸드폰으로 각 맞춤법과 띄어쓰기 상단에 제시된 QR 코드를 인식하면 해당 맞춤법에 대한 동영상을 볼 수 있습니다. 인식이 안 될 경우 유튜브에서 '모던걸 교양살롱'을 검색해도 해당 동영상을 볼 수 있어요.

차례

3장　많이 쓰고 많이 틀리는 대표 맞춤법 80

맞춤법은 왜 헷갈리는 걸까? 38

4장 원리로 이해하는 핵심 띄어쓰기 20

5장　맞춤법을 절대 틀리지 않는 법

1장

맞춤법을
꼭 지켜야 하는 이유

> **"맞춤법? 뜻만 통하면 되는 거 아니야?**
> **그게 그거지. 뭘 그렇게 예민하게 굴어."**

이런 생각, 해 본 적 있나요? 일반적으로 대부분의 상황에서는 맞춤법을 지키지 않아도 뜻이 잘 통하는 것 같아 보입니다. 저는 되묻고 싶어요.

> **"영어 단어 스펠링을 틀리는 건 왜 걱정하나요?"**

영어도 철자 하나쯤은 틀려도 큰 문제는 없을 것입니다. 그럼에도 영어 문장 하나 쓰고 스펠링이 틀리진 않았을까, 문법이 잘못되진 않았을까 몇 번이고 다시 본 경험이 있지 않나요? 우리말을 맞춤법에 맞게 써야 하는 이유는 우리가 영어 문장을 쓰면서 걱정하는 이유와 같습니다. 상대가 내 말을 정확하게 알아듣지 못할까 봐, 내 말의 신뢰도가 떨어질까 봐, 틀린 걸 알면 창피하니까…. 다만 차이가 있다면 우리말은 우리가 평소에 의식할 새도 없이 많이 쓰다 보니 틀린 맞춤법에 무뎌진 것뿐입니다.

빠르고 정확한 의사소통이 가능하다

농협용인육가공공장

안동시체육회
내동생고기

무슨 뜻인지 이해했나요? 이 세 단어는 세상에서 가장 무서운 간판으로 인터넷상에서 이슈가 됐던 것들입니다. 얼핏 보면 '농협용 인육가공 공장', '안동 시체 육회', '내 동생 고기'라는 무시무시한 말로 보입니다. 하지만 자세히 다시 보면 '농협 용인 육가공 공장', '안동시 체육회', '내동 생고기'라고 바르게 이해했을 것입니다.

그럼 맞춤법을 지키지 않아도 뜻이 통할까요? 물론 통할 수도 있습니다. 몇 번 다시 읽어 보거나 상대에게 물어보면서 오해를 풀고 정확하게 이해하면 되니까요. 하지만 문제는 시간이 오래 걸린다는 것입니다. 처음부터 '농협 용인 육가공 공장', '안동시 체육회, '내동 생고기'라고 썼더라면 좀 더 빠르고 정확하게 소통할 수 있었겠지요. 맞춤법을 안 지켜도 말이 통할 수는 있지만 맞춤법을 지켰을 때보다 정확성이 떨어지고 시간도 오래 걸립니다.

우리는 시간이 금인 '바쁘다 바빠 현대 사회'에 살고 있습니다. 이런 현대 사회에서 나와 상대의 시간을 효율적으로 쓰기 위해서는 정확하고 빠른 소통이 핵심입니다. 그러기 위해서는 의사소통의 장애물이 없는 게 중요합니다.

예능 프로그램에 자주 나오는 '고요 속의 외침'이라는 게임을 알고 있나요? 한 사람이 문제로 제시된 단어를 설명하면 다른 한 사람이 정답을 맞히는 게임입니다. 이때 정답을 맞히는 사람은 시끄러운 음악 소리가 흘러나오는 헤드폰을 써야 합니다. 이 게임의 핵심이죠. 문제를 설명하는 사람은 정답을 맞히는 사람이 빠르고 정확하게 알아듣기를 바라며 소리도 질러 보고 입도 크게 벌려 봅니다. 하지만 시끄러운 음악 때문에 몇 번을 말해도 알아듣기가 어렵습니다. 정답과 전혀 상관없는 엉뚱한 단어를 말해서 웃음을 유발하기도 하고요. 평소라면 한 번만 말해도 알아들었을 텐데 시끄러운 음악이라는 장애물 때문에 의사소통이 느려지고 부정확해졌습니다.

말의 장애물이 소음이라면 글의 장애물은 맞춤법입니다. 틀린 맞춤법은 빠르고 정확한 의사소통을 저해합니다. '농협용인육가공공장', '안동시체육회', '내동생고기'처럼 극단적인 예가 아니더라도 말입니다. 이 장애물을 치우는 방법은 언어 사용에 대한 사회적 약속인 맞춤법을 지키는 것입니다. 맞춤법만 지켜도 소통의 비효율이 줄어들 수 있다니! '바쁘다 바빠 현대 사회'를 살아가는 우리에게 너무 매력적인 소양이 아닐까요?

맞춤법이 밥 먹여 준다

같은 내용의 두 이메일이 있습니다. 이메일을 쓴 둘 중 한 명에게 100억짜리 프로젝트를 맡겨야 한다면 당신은 누구와 일하겠습니까?

모던보이 님께,

안녕하세요. '모던걸 교양살롱'의 모던걸입니다.
작년에도 귀사 덕분에 큰 성장을 달성하게 되었습니다.
저희는 앞으로도 성장을 지향하며 나아갈 것입니다.
올해도 좋은 파트너로서 전년 매출 기록을 경신하는 한 해가 되길 바라
봅니다.
감사합니다.

모던걸 드림

모던보이 님께,

안녕하세여. '모던걸 교양살롱'에 모던걸입니다.
작년에두 귀사 덕부네 큰 성장을 달성하게돼였습니다.
저히는 아프로두 성장을 지양하며 나아갈 껏입니다.
올해두 조은 파트너로써 전년 매출 기록을 갱신하는 한해가 돼길 바래봄
니다.
감사합니다.

모던걸 드림

극단적인 예이긴 하지만 전자가 더 믿음직하지 않나요? 내용은 같
지만 전자가 맞춤법까지 섬세하게 챙긴 것 같아 신뢰가 갑니다. 더 예

의 있어 보이기도 하고요. 특히 두 번째 이메일의 "성장을 지양하며"라는 말은 '성장을 목표로 한다'라는 의미가 아니라 '성장을 하지 않기위해 노력한다'라는 의미입니다. 공개적으로 성장을 안 하고 싶다는곳과 신뢰를 갖고 협업할 가능성은 낮아 보입니다.

취업을 할 때도 맞춤법이 굉장히 중요합니다. 취업 포털 '사람인'에서 2021년 251개 기업을 대상으로 설문 조사를 한 결과 약 88%의 기업이 자기소개서의 맞춤법 실수를 "부정적으로 평가한다"라고 대답했다고 합니다.[1] 본인과 함께 일할 사람으로서 적합한지를 평가할 때 맞춤법이 중요한 영향을 끼친다는 것입니다.

특히 직업적으로 글로 소통하는 기자나 작가들이 맞춤법을 틀리거나, 사회적으로 명망 있는 사람의 SNS에 잘못된 표현이 올라오거나, TV에서 틀린 맞춤법을 사용한 자막을 보면 크게 실망하기도 합니다.

이렇듯 우리의 밥벌이와 관련된 영역에서도 맞춤법이 굉장히 중요합니다. 본인이 작성한 이메일, 자기소개서, 사업 제안서, 기사, 자막, 보도자료 등의 내용이 아무리 좋아도 맞춤법 때문에 본인의 전문성에 대한신뢰도가 떨어질 수 있으니까요. 잘못된 맞춤법 때문에 공들여 만든 콘텐츠들의 가치가 조금이라도 평가 절하된다면 아쉽지 않을까요?

1] "기업 88%, 자기소개서 맞춤법 실수 부정적으로 평가!" (사람인 [취업뉴스], 2021년 10월 12일)

언어가 당신의 교양을 나타낸다

요즘 인터넷상에서는 쉬운 맞춤법을 예상치도 못한 방식으로 당당하게 틀려서 사람들을 당황하게 만드는 사람을 '맞춤법 빌런'이라고 부릅니다. '빌런villain'은 영어로 '악당'이라는 뜻인데요. 원래는 영화 「다크 나이트」의 조커 역할처럼 주로 영화 속 악당을 일컫는 말이었습니다. 그런데 최근 우리나라에서는 꼭 악당이 아니더라도 일반적인 사람들과 달리 특이한 행동을 하는 사람들을 빌런이라 부르기도 합니다. 이런 맞춤법 빌런의 틀린 맞춤법들은 인터넷상에서 종종 웃음의 소재가 되곤 합니다.

맞춤법 빌런의 대표적인 예시

교수님, 엿줄게 있어요	➡	교수님, 여쭐 게 있어요
귀신이 고칼로리네	➡	귀신이 곡할 노릇이네
나물할 때 없는 맛며느리	➡	나무랄 데 없는 맏며느리
뒷테일	➡	디테일
모르는 개 산책	➡	모르는 게 상책
신뢰지만 나이가	➡	실례지만 나이가
실력이 일치얼짱하다	➡	실력이 일취월장하다

이뿐만 아니라 맞춤법을 틀리게 쓰는 연인에게 실망했다는 글이 인터넷상에 심심찮게 올라옵니다. 실제로 결혼 정보 업체 '가연'이 2020년에 미혼남녀 1,191명을 대상으로 실시한 설문 조사에 따르면 연인

에게 가장 정이 떨어지는 순간 2위가 맞춤법을 계속 틀릴 때였다고 합니다.[2] 1위는 약속을 지키지 않을 때, 3위는 기념일을 잊었을 때라고 하니 맞춤법을 계속 틀리는 것이 기념일을 잊는 것보다 더 치명적인 문제라고 보는 사람이 많은 것입니다.

베스트셀러 작가 도리스 메르틴Doris Martin은 자신의 책 『아비투스 HABITUS』에서 언어 습관에 대해 "내가 쓰는 언어가 내 지위를 드러낸다"라고 직설적으로 말합니다. 또한 틀린 언어 표현을 사용하는 일은 순식간이지만 바른 표현을 알고 있는 사람은 그 짧은 순간에도 틀렸다는 것을 파악할 수 있다고 합니다.

위의 사례들을 종합해 보면 본인이 쓰는 언어가 스스로를 어떤 사람인지 드러낼 뿐만 아니라 다른 사람들이 본인을 판단하는 기준이 될 수 있음을 알 수 있습니다. 멋진 외모만큼이나 정제된 언어를 쓰는 것은 매우 중요합니다.

예를 좀 극단적으로 들긴 했지만

몇몇 예는 좀 극단적이라고 생각할 수도 있지만 결국 정도의 차이입니다. 맞춤법을 50만큼 아는 사람은 30만큼 아는 사람을 보며 틀린 맞춤법을 알아챕니다. 맞춤법을 70만큼 아는 사람은 50만큼 아는 사람

2] "'지켜야 할 연애 매너' 연인에게 가장 정떨어지는 순간 1위" (가연 [뉴스], 2020년 12월 3일)

을 보며 틀린 맞춤법을 알아챕니다. 마찬가지로 맞춤법을 100만큼 아는 사람은 70만큼 아는 사람을 보며 본인도 모르는 사이에 상대의 틀린 맞춤법을 알아챌 수 있습니다. 결국 어떤 예이든 정도의 차이일 뿐 우리가 맞춤법을 지켜야 하는 이유는 본질적으로는 바뀌지 않습니다.

사실 우리가 틀리는 맞춤법들의 대부분은 말로 했으면 틀렸는지도 몰랐을 것들입니다. 그런데 이것을 글로 옮겨 적는 과정에서 맞춤법에 대한 지식이 드러나죠. 문제는 요즘 들어 글을 읽거나 쓸 일이 참 많아졌다는 것입니다. SNS가 등장하고 스마트폰이 대중화되면서 우리는 하루에도 수십 번씩 사람들과 메신저로 대화하고 SNS에 글을 올립니다. 그리고 그 글은 다른 사람들이 보게 되고요. 상대에게 본인의 맞춤법 실력이 들통날 일이 많아졌다는 의미이기도 합니다. '맞춤법 빌런'이라는 말이 나오고 연인의 맞춤법에 실망하는 경우가 부쩍 늘어난 것처럼 느껴지는 이유는 이런 흐름 때문인지도 모르겠습니다.

어떤 상황이든 맞춤법을 지키는 것이 안 지키는 것보다 낫습니다. 신속한 의사소통을 통해 현대 사회에서 살아남기 위해서든, 상대에게 신뢰를 주기 위해서든, 교양 있는 삶을 살기 위해서든 말입니다. 맞춤법을 지키려는 작은 노력으로 정확한 의사소통도 되고, 신뢰감을 주어 직업적으로도 인정받고, 본인의 교양까지도 챙길 수 있다면 맞춤법을 지키는 것이 오히려 이득이 아닐까요?

2장

이해가 쉬워지는
맞춤법 핵심 용어

품사, 문장 성분, 형태소, 어미…. 학창 시절의 국어 시간이 떠오르나요? 그때 느꼈던 감정도 생각날 것입니다. '어렵다!' 맞춤법 용어라고 하면 겁부터 날 수도 있지만 걱정하지 마세요. 어려운 건 빼고 중요한 것만 쉽게 알려 드리겠습니다. 본 책에서 소개하는 몇 가지 문법 용어들을 이해한다면 3장과 4장에 나오는 맞춤법과 띄어쓰기를 좀 더 이해하기 쉬울 것입니다. 만약 계속 봐도 어렵다는 생각이 들면 과감하게 32쪽의 '모르겠다면 이것만!'으로 이동하면 됩니다.

단어에 대하여

영어를 공부하던 시절을 한번 떠올려 볼게요. '오늘은 영어 단어 5개 외워야지'라고 했을 때 단어는 어떤 것인가요? 오늘 외울 단어가 apple사과, go가다, happy행복한, very매우, yes네라면 각각 한 단어이니까 총 5개 단어가 되겠죠? 그런데 만약 apple을 appl까지만 쓰거나 go를 g까지만 쓴다면 하나의 단어라고 할 수 있을까요? 아닙니다. apple은 apple까지 썼을 때, go는 go까지 다 썼을 때 혼자서 쓸 수 있습니다. 즉, 단어는 독립적으로 쓸 수 있는 최소 단위인데요. 우리말 단어도 마찬가지입니다. '사과', '가다', '행복하다', '매우', '네'는 모두 각각의 단어입니다.

'단어'라는 개념은 띄어쓰기에서 굉장히 중요합니다. 왜냐하면 띄어쓰기의 가장 중요한 원칙이 바로 "문장의 각 단어는 띄어 씀을 원칙으로 한다"이기 때문입니다. 이 내용은 215쪽에서 자세히 알아볼게요.

품사에 대하여

앞에서 '사과', '가다', '행복하다', '매우', '네'는 모두 단어라고 했는데요. 이상한 것을 느꼈나요? 모두 같은 단어라고 부르기에는 '사과'와 '가다'는 뭔가 달라 보입니다. 사람도 다 같은 사람이지만 개개인의 성격이 다른 것처럼 단어도 성격이 있습니다. 단어를 성격에 따라 9개로 나눈 것이 바로 '품사'입니다. 품사는 기능에 따라서 체언, 관계언, 용언, 수식언, 독립언으로 나눌 수 있는데요. 이 안에서 다시 명사, 대명사, 수사, 조사, 동사, 형용사, 관형사, 부사, 감탄사 총 9개로 나눠집니다.

우선 체언은 말 그대로 몸통 역할을 하는 단어입니다. 체언에는 명사, 대명사, 수사가 있는데요. 명사는 사물의 이름을 나타내는 말입니다. 예를 들어 '모던걸', '책', '한국어' 이런 것들이 모두 명사입니다. 그리고 명사에서 중요한 게 바로 의존 명사입니다. 의존 명사는 혼자 쓸 수 없는 명사를 말합니다. 예를 들어 '것'은 '것'이라고 혼자 쓸 수 없고 '먹을 것', '입을 것'처럼 앞에 기대어 쓸 수 있는 말이 와야 합니다. 의존 명사는 꼭 띄어서 써야 해서 띄어쓰기에서 굉장히 중요합니다. 다음으로 대명사는 사람이나 사물의 이름을 대신 나타내는 말입니다. 모던걸을 '그녀'라고 하거나 책을 '그것'이라고 대신 말할 때 '그녀', '그것'을 대명사라고 합니다. 마지막으로 사물의 수량이나 순서를 가리키는 품사를 수사라고 합니다. '내 나이는 스물이야', '첫째도 안전, 둘째도 안전'에서 '스물'과 '첫째', '둘째'가 수사입니다.

다음은 관계언입니다. 관계언에는 조사가 있는데요. 조사는 다른 말에 붙어서 그 말과 다른 말의 관계를 표시하는 역할을 합니다. 예를 들어 '모던걸이 맞춤법을 알려 준다'라고 했을 때 '모던걸 맞춤법 알려 준다'라고만 하면 무슨 말인지 알기가 어렵습니다. 그런데 '모던걸' 다음에 조사 '이'를, '맞춤법' 다음에 조사 '을'을 쓰면 '모던걸'이 주어이고 '맞춤법'이 목적어라는 것을 표시해 줄 수 있습니다. 이때 '이'와 '을'의 좀 더 정확한 이름은 격 조사입니다. 참고로 조사에는 특별한 의미를 더해 주는 보조사도 있는데요. 예를 들어 '모던걸(도/만/까지) 맞춤법을 알려 준다'에서 어떤 말을 쓰는지에 따라 문장의 의미가 미묘하게 달라집니다. 이때의 '도', '만', '까지'가 보조사입니다.

용언은 '가다', '예쁘다'처럼 서술하는 기능을 갖고 있습니다. 그런데 '가다'와 '예쁘다'는 비슷하게 보이지만 차이점이 있는데요. '가다'는 움직임이나 작용을 표현하는 동사이고 '예쁘다'는 성질이나 상태를 표현하는 형용사입니다. 이때 동사는 '가라', '가자'처럼 명령형, 청유형을 만들 수 있지만 형용사는 '예뻐라', '예쁘자'처럼 명령형, 청유형을 만들 수 없다는 특징이 있습니다. 또한 용언은 다른 품사들과 달리 특별한 점이 있는데요. 바로 활용을 한다는 것입니다. 예를 들어 '가다'는 '가고', '가면', '가서' 등과 같이, '예쁘다'는 '예쁘고', '예쁘면', '예뻐서' 등과 같이 활용할 수 있습니다. 이때 '가다'의 '가'와 '예쁘다'의 '예쁘'는 활용을 해도 바뀌지가 않는데, 이 부분을 어간이라고 합니다. 그리고 어간 뒤에 '고', '면', '아서'처럼 바뀌는 부분을 어미라고 합니다.

'먹지 않다', '보고 싶다'의 '않다', '싶다'처럼 앞의 용언에 붙어서 의미를 보충해 주는 보조 용언도 있습니다. 이때 앞의 '먹다', '보다'는 본용언이라고 합니다.

수식언은 다른 말을 수식, 즉 꾸며 주는 말입니다. 수식언에는 관형사와 부사가 있는데요. 둘의 차이점은 관형사는 체언을 꾸며 주고 부사는 용언을 꾸며 준다는 것입니다. 예를 들어 '새 책', '이 사람'에서 '새'와 '이'가 각각 '책'과 '사람'이라는 명사를 꾸며 줍니다. 이때 '새'와 '이'가 바로 관형사입니다. 한편 '바로 가다', '종이 땡땡 울리다'에서는 '바로'와 '땡땡'이 각각 '가다'와 '울리다'라는 용언을 꾸며 주는 부사입니다. 참고로 부사는 '과연', '그런데', '그리고'처럼 용언뿐만 아니라 다른 부사나 문장 전체 등을 수식하기도 합니다.

마지막으로 독립언은 독립적으로 쓰이는 말로, 감탄사를 말합니다. '네', '야', '여보세요', '우와'처럼 대답, 부름, 놀람, 느낌을 나타내는 말입니다.

참고로 생김새는 같아도 품사가 다를 수 있습니다. 예를 들어 '대로', '만큼', '뿐'은 조사이면서 의존 명사이고 '그', '이', '저'는 대명사이면서 관형사입니다. 띄어쓰기에서 이것이 매우 중요한데요. 자세한 내용은 4장에서 살펴보겠습니다.

품사		예시
체언	명사	모던걸, 책, 한국어
	대명사	그것, 그녀, 너, 우리, 여기, 이것
	수사	몇, 스물, 첫째, 하나

관계언	조사	은/는, 을/를, 이/가
용언	동사	가다, 말하다, 먹다, 읽다
	형용사	멋지다, 예쁘다, 좋다
수식언	관형사	새, 이런, 저런, 헌
	부사	과연, 땡땡, 바로, 설마, 아주, 언제
독립언	감탄사	그래, 네, 아니요, 아이고, 여보세요, 차렷

문장 성분에 대하여

우리가 말이나 글로 우리의 생각을 다양하게 표현할 수 있는 것은 결국 다양한 성격의 단어들이 모여서 문장을 만들기 때문입니다. 그리고 이 문장을 구성하는 요소들을 '문장 성분'이라고 합니다. 문장 성분에는 문장에 꼭 있어야 하는 주성분과 주성분을 꾸며 주는 부속 성분, 그리고 주성분, 부속 성분과 상관없는 독립 성분이 있습니다.

우선 주성분은 문장에서 빠지면 문장이 성립되지 않는 것들로 주어, 서술어, 목적어, 보어가 있습니다.

모던걸이 맞춤법을 알려 준다

이 문장에서는 '모던걸이'가 주어, '맞춤법을'이 목적어, '알려 준다'가 서술어입니다. 어느 하나라도 빠지면 뜻을 정확하게 파악하기 어렵습니다. 주어는 어떤 설명의 주체가 되는 말이고 목적어는 그 대상이 되는 말이며 서술어는 주어의 움직임, 상태, 성질 등을 서술해 주는 말입니다. 그리고 '되다', '아니다'가 서술어로 쓰이는 문장에서는 보어도 주성분이 됩니다. 예를 들어 '내가 어른이 되었다', '나는 어린이가 아니다'같이 '되다', '아니다'를 서술어로 쓰는 문장에서는 '어른이', '어린이가'가 보어가 됩니다.

부속 성분은 주성분을 꾸며 주는 문장 성분으로, 관형어와 부사어가 있습니다.

유튜버인 모던걸이 맞춤법을 쉽게 알려 준다

주성분으로만 구성했던 '모던걸이 맞춤법을 알려 준다'에 '유튜버인', '쉽게'라는 말이 추가됐습니다. 이 말들은 없어도 문장이 성립되기 때문에 부속 성분이라고 합니다. 여기서 '유튜버인'은 '모던걸'이라는 체언을 꾸며 주고 '쉽게'는 '알려 준다'라는 용언을 꾸며 줍니다. '유튜버인'이 관형어, '쉽게'가 부사어입니다. 즉, 관형어는 문장 내 체언을 수식하는 문장 성분, 부사어는 문장 내 용언을 수식하는 문장 성분입니다.

마지막으로 독립 성분은 주성분, 부속 성분과 직접적으로 관계없이 따로 떨어져 있는 문장 성분입니다. 주로 품사에서 봤던 '네', '아니요', '여보세요' 같은 감탄사가 독립어이며 독립 성분에 속합니다.

문장 성분		예시
주성분	주어	내가, 모던걸이, 어르신께서, 친구가
	서술어	가다, 먹어 보다, 예쁘다, 책이다
	목적어	맞춤법을, 책을, 한국어를
	보어	어른이, 어린이가, 유튜버가
부속 성분	관형어	나의, 새, 입던
	부사어	아름답게, 아주, 학교에서
독립 성분	독립어	네, 모던걸아, 아니요, 여보세요

모르겠다면 이것만!

체언

체언은 명사, 대명사, 수사를 말합니다. 명사는 '모던걸', '책', '한국어'처럼 사물의 이름을 나타내는 말, 대명사는 '그것', '그녀'처럼 사물이나 사람의 이름을 대신 나타내는 말, 수사는 '스물', '첫째', '둘째'처럼 사물의 수량과 순서를 나타내는 말입니다.

용언

용언은 동사와 형용사를 말합니다. 동사는 '가다', '먹다', '입다'처럼 움직임을 표현하는 말이고, 형용사는 '똑똑하다', '멋지다', '예쁘다'처럼 상태를 표현하는 말입니다.

의존 명사

의존 명사는 의미가 형식적이어서 혼자 쓰이지 못하고 다른 말에 기대서 쓰이는 명사를 말합니다. '할 것이 있어', '갈 데가 있어', '먹을 수 있어'의 '것', '데', '수' 등이 있습니다.

조사

조사는 다른 말에 붙어서 문법적 관계를 표시하거나 의미를 더해 주는 품사를 말합니다. '모던걸이 맞춤법을 알려 준다'에서 '모던걸'이 주어임을 알려 주는 '이', '맞춤법'이 목적어임을 알려 주는 '을' 같은 말입니다.

어간과 어미

용언이 활용할 때 변하지 않는 부분이 어간이고 변하는 부분이 어미입니다. 예를 들어 '먹다'가 '먹고', '먹는', '먹어서' 등과 같이 활용할 때 변하지 않는 부분인 '먹'이 어간이고 변하는 부분인 '고', '는', '어서'가 어미입니다.

보조 용언

보조 용언은 앞에 있는 본용언에 붙어서 의미를 보충해 주는 역할을 하는 용언입니다. '먹지 않다', '보고 싶다'의 '않다', '싶다'가 보조 용언입니다.

관형사와 관형어

관형사는 체언(명사, 대명사, 수사)을 꾸며 주는 단어입니다. 예를 들어 '새 책', '이 사람'에서 '새'와 '이'가 관형사입니다. 그리고 이것을 문장 차원으로 봤을 때 체언을 꾸며 주는 문장 성분을 관형어라고 합니다.

부사와 부사어

부사는 용언(동사, 형용사)이나 다른 부사 또는 문장 등을 꾸며 주는 단어입니다. '바로 가다', '종이 땡땡 울리다'에서 '바로'와 '땡땡'이 부사입니다. 그리고 이것을 문장 차원으로 봤을 때 용언을 꾸며 주는 문장 성분을 부사어라고 합니다.

3장

많이 쓰고 많이 틀리는
대표 맞춤법 80

맞춤법은 왜 헷갈리는 걸까?

> *"한글 맞춤법은 표준어를 소리대로 적되,*
> *어법에 맞도록 함을 원칙으로 한다."*

「한글 맞춤법」 규정 제1장 제1항에 나오는 문장으로, 가장 기본적인 맞춤법의 원칙입니다. 이 문장을 "소리대로 적되"와 "어법에 맞도록 함"으로 나눠서 살펴볼게요. 먼저 맞춤법의 가장 기본은 '표준어를 소리대로 적는 것'입니다. 즉, 발음 나는 대로 적는 게 가장 중요합니다. 그런데 문제는 가장 중요한 원칙인 '발음'에서 시작합니다. 아래의 말들을 한번 읽어 보세요.

무난하다 - 문안하다
반드시 - 반듯이
지그시 - 지긋이

앞의 말과 뒤의 말 발음이 같지 않나요? 발음 나는 대로만 쓰면 둘 다 '무난하다', '반드시', '지그시'라고 쓰는 게 맞습니다. 그런데 위 말들은 발음은 같지만 뜻은 다른 2개의 말이기 때문에 구별해서 써야 합니다. "어법에 맞도록 함"이 중요한 건 바로 이때입니다. 뜻을 파악하기 쉽도록 본래의 모양을 밝혀서 써야 합니다. 발음이 같아도 다르게 쓰다니! 이것이 바로 맞춤법이 어려운 첫 번째 이유입니다.

이뿐만 아니라 꼭 발음이 같지 않더라도 묘하게 비슷해서 헷갈리는 말들이 있습니다.

가르치다 - 가리키다

갱신하다 - 경신하다

켜다 - 키다

앞의 말과 뒤의 말은 분명히 뜻도 발음도 다른 말이지만 서로 묘하게 발음이 비슷해서 평소에 헷갈리기 쉽습니다. 이는 올바른 발음이 뭔지 모르거나 정확하게 발음하지 않기 때문에 생기는 문제인데요. 이역시 맞춤법을 어렵게 만드는 이유 중 하나입니다.

맞춤법은 발음이 같거나 비슷해서 헷갈리는 경우가 대부분입니다. 하지만 각각의 문법적, 의미적 차이를 이해하면 틀리지 않을 수 있습니다. 지금부터 우리가 자주 틀리지만 꼭 제대로 알아야 하는 중요한 맞춤법 80개를 소개하겠습니다.

가르치다 - 가리키다

이 문제 좀 가리켜 줘

친구에게 이 말을 들은 당신은 '모르는 문제가 있나 보네'라고 생각하며 문제의 답을 알려 줄 건가요? 아니면 친구가 말하는 문제를 손가락으로 지목할 건가요? 정답은 후자입니다. '가리키다'는 손가락 등으로 방향이나 대상을 집어 보인다는 의미입니다. 그래서 '가리켜 줘'라고 하면 손가락으로 지목해 달라는 말입니다. 만약 모르는 문제에 대해 알려 달라고 하고 싶다면 '이 문제 좀 가르쳐 줘'처럼 '가르치다'를 쓰는 것이 맞습니다.

또한 발음이 헷갈려 '가리켜 줘'를 '가르켜 줘'라고 쓰거나 '가르쳐 줘'를 '가리쳐 줘'라고 쓰는 경우가 있는데요. '가르키다'와 '가리치다'는 표준어가 아니므로 주의하세요.

'가르치다'를 쓸 때는 '가르치다'라는 뜻의 영어 teach[티치]를 생각하세요. 공교롭게도 둘 다 '치'가 들어가네요. 뜻도 발음도 비슷해서 기억하기 쉽겠죠?

확인하기

· 모던걸은 맞춤법을 잘 (가르친다 / 가리킨다).
· 누가 누구한테 일을 (가르쳐 / 가리켜)!
· 시계가 벌써 두 시를 (가르켰다 / 가리켰다).

가르친다 | 가르쳐 | 가리켰다

02 같아 - 같애 - 같어

비가 올 것 (같아 / 같애 / 같어)

밖을 보니 날씨가 우중충하네요. 이때 뭐라고 쓰는 게 맞을까요? 정답은 '비가 올 것 같아'입니다. '같애', '같어'를 쓰는 경우가 있지만 '같아'만 맞습니다. '같아'는 '같다'의 어간인 '같'에 '아'라는 어미가 붙은 것인데요. '아'는 '너랑 나랑 똑같아'처럼 상태를 설명해 주거나 '나 오늘 멋진 것 같아?'처럼 의문문을 만들기도 합니다.

그런데 이 '아'는 아무 때나 쓸 수 있는 것은 아닙니다. '네가 참아', '재밌게 놀아'처럼 '아' 바로 앞말의 모음이 ㅏ 나 ㅗ여야 '아'를 붙일 수 있습니다. 바로 앞말의 모음이 ㅏ 나 ㅗ가 아니면 '이거 맛있어', '혼자 먹어?'처럼 '어'를 씁니다. 우리가 '같아'를 '같어'로 쓰는 건 '아'와 '어'가 쓰이는 환경을 오해했기 때문입니다.

ㅏ에는 ㅏ를 기억하세요. '같다'의 '같'에는 ㅏ가 들어 있습니다. 그래서 뒤에도 ㅏ가 들어 있는 '아'가 온다고 기억하면 쉬워요.

확인하기

· 나 오늘 1등 할 것 (같아 / 같애 / 같어).

· 내가 여기서 포기할 것 (같아 / 같애 / 같어)?

· 그 배우는 화면과 실물이 (똑같아 / 똑같애 / 똑같어).

같아 | 같아 | 똑같아

03 갱신하다 - 경신하다

모던걸 선수! 이번에도 세계 신기록을
(갱신했습니다 / 경신했습니다)

본인이 올림픽 해설자이고 우리나라 선수가 세계 신기록을 깬 기쁜 스포츠 장면을 온 국민에게 중계하고 있다고 상상해 봅시다. 촌각을 다투는 이 순간에 어느 말을 쓰는 게 맞을까요? 정답은 '경신했습니다' 입니다. '경신하다'는 주로 예전의 기록이나 최고치, 최저치를 깼을 경우에 쓰는 말입니다. 반면 '갱신하다'는 주로 법률관계의 기간이 끝났을 때 그 기간을 연장하는 경우에 쓰는 말입니다. 그래서 '계약을 갱신하다'처럼 쓰죠. 정보, 통신 분야에서 '시스템을 갱신하다'라는 말을 쓰기도 합니다.

? '갱신'과 '경신', 뜻이 비슷해 보이는데 같이 쓰는 경우는 없나요?

'갱신'과 '경신' 둘 다 "이미 있던 것을 고쳐 새롭게 하다"라는 공통된 뜻
도 갖고 있습니다. 그래서 '노사 협상 갱신', '노사 협상 경신'처럼 두 단
어를 모두 쓰는 경우도 있습니다.

확인하기

· 주가가 최고치를 (갱신했습니다 / 경신했습니다).
· 여권을 (갱신하세요 / 경신하세요).
· 운전면허 (갱신 / 경신) 기간.

경신했습니다 | 갱신하세요 | 갱신

내 거야 vs 내 꺼야

둘 중 뭐가 맞을까요? '내 꺼야'가 자연스러워 보이나요? 정답은 '내 거야'입니다. '내 꺼'는 바른 표기가 아닙니다.

'거'는 '것'과 같습니다. 글로 쓸 때는 주로 '것'이라고 하고 말할 때는 주로 '거'라고 합니다. '것'은 '내 것', '우리 것'처럼 누군가의 소유임을 나타내거나 '먹을 것', '입을 것'처럼 어떤 것을 추상적으로 일컬을 때 씁니다. 그리고 '최고가 될 것이야'처럼 전망이나 추측 또는 주관적 소신을 나타내기도 합니다. 그런데 말을 할 때는 '것'을 쓰지 않고 '내 거', '우리 거', '먹을 거', '입을 거', '최고가 될 거야'처럼 '거'를 쓰는데요. 구어인 '거'를 글로 쓸 때는 '꺼'가 아니라 '거'라고 쓰는 것이 맞습니다.

❓ '먹을 거', '입을 거'는 [머글 꺼], [이블 꺼]라고 발음하는데요?

관형사형 ㄹ 뒤에 '거'가 오면 [꺼]로 발음합니다. 그래서 '먹을 거', '입을 거'의 '거'는 [꺼]로 발음해요. 하지만 글로 쓸 때는 모두 '거'라고 쓰는 것이 맞습니다. '먹을 것', '입을 것'도 [껃]으로 발음하지만 '껏'으로 쓰지 않는 것처럼요.

확인하기

· 괜찮아. 잘될 (거야 / 꺼야).
· 오늘부터 매일 운동할 (거예요 / 꺼예요).
· 이거 누구 (거야 / 꺼야)?

거야 | 거예요 | 거야

[단언건대 / 단언컨대] 가장 완벽한 작품이다

예술성이 높은 미술 작품을 설명하는 말입니다. '단언건대'가 맞을까요, '단언컨대'가 맞을까요? 정답은 '단언컨대'입니다. '건대'와 '컨대'는 '하건대'의 줄임말인데요. '하건대'의 앞말이 받침 없이 끝나거나 받침소리가 ㄴ, ㄹ, ㅁ, ㅇ일 때는 '컨대'로 줄어 쓸 수 있습니다. 그래서 '청하다', '회상하다'를 활용한 '청하건대', '회상하건대'는 앞말이 ㅇ 받침으로 끝나므로 '청컨대', '회상컨대'처럼 쓸 수도 있는 것이죠. 그리고 '하건대' 앞말의 받침소리가 ㄱ, ㄷ, ㅂ일 때는 '하'를 통째로 빼서 '건대'로 줄여 쓸 수 있습니다. 그래서 '생각하다'를 활용한 '생각하건대'는 '생각건대'로 쓸 수도 있습니다.

❓ '컨대'가 맞나요, '컨데'가 맞나요?

'컨대'가 맞습니다. '건대'도 마찬가지로 '대'가 맞습니다.

확인하기

· (원건대 / 원컨대) 제 소원을 들어주세요.

· (예상건대 / 예상컨대) 우리가 이길 거야.

· (짐작건대 / 짐작컨대) 무슨 꿍꿍이가 있을 거야.

원컨대 | 예상컨대 | 짐작건대

가족은 건들이지 마

아무리 심한 장난도 웃음으로 승화시키곤 하는 예능 방송에도 불문율이 있습니다. 바로 가족 이야기는 하지 않는 것인데요. 가족 이야기는 안 하더라도 이 이야기는 해야 할 것 같아요. '건들이지 마'가 아니라 '건드리지 마'가 맞는 말입니다. '건들이다'가 아니라 '건드리다'가 맞기 때문이죠. '건드리다'는 '남의 물건을 건드리다'처럼 무언가에 손을 대거나 '심기를 건드리다'처럼 기분을 나쁘게 할 때 쓰는 말입니다. '건들이다'라는 말은 없습니다.

? '건들지 마'는 뭐예요?

'건들다'라는 말이 있습니다. '건드리다'의 줄임말이죠. 그래서 '건드리지 마'와 '건들지 마'는 둘 다 맞는 표현이지만 '건들이지 마'라고는 쓰지 않습니다.

확인하기

· (건드리지 / 건들이지) 마시오.
· 자존심을 (건드리는 / 건들이는) 발언이다.
· (건드려도 / 건들여도) 꼼짝도 안 할 만큼 푹 자더라.

건드리지 | 건드리는 | 건드려도

걸 - 껄

비트코인 살 껄

이런 후회, 한 번쯤 해 본 적 있나요? 위 문장에는 틀린 게 2가지 있는데요. 맞춤법과 띄어쓰기입니다. '살 껄'에서 '껄'은 '걸'로 바꾸고 두 말을 붙여서 '살걸'이라고 써야 합니다. '공부 열심히 할 껄', '술 적당히 마실 껄'이 아니라 '공부 열심히 할걸', '술 적당히 마실걸'이라고 후회하는 것이 맞습니다. 이때의 '걸'은 'ㄹ걸'이라는 어미로 앞말에 붙여서 쓰며 '비트코인 살걸'처럼 후회를 나타내거나 '내 말이 맞을걸'처럼 추측을 할 때 씁니다. 발음은 [껄]로 하는 게 맞지만 표기는 '걸'로 하세요.

? '간식으로 먹을 걸 안 가져왔어요'라고 할 때도 '걸'인가요?

'걸'이 맞습니다. 하지만 이때의 '걸'은 'ㄹ걸'이 아니라 '것을'의 구어적 표현입니다. '간식으로 먹을 것을(걸) 안 가져왔어요'와 같은 말이죠. 'ㄹ걸'이 아니므로 띄어쓰기를 해서 '먹을 것을(걸)'로 써야 합니다.

확인하기

- 이럴 줄 알았으면 좀 빨리 (올걸 / 올껄).
- 그 경기 우리나라가 (이겼을걸 / 이겼을껄)?
- 내일 (입을 걸 / 입을 껄) 챙겨 왔어.

올걸 | 이겼을걸 | 입을 걸

08 게 - 께

선생님께 드리는 편지

다시 <u>연락할께</u>

오늘따라 정말 할 <u>께</u> 없네

셋 중 '께'를 맞게 쓴 문장은 무엇일까요? 정답은 첫 번째 문장입니다. 두 번째와 세 번째 문장에 있는 '할께'와 '할 께'는 '할게'와 '한 게'로 써야 합니다.

세 문장에 쓰인 각각의 '께'는 발음만 같을 뿐 모두 다른 말입니다. 우선 '선생님께'의 '께'는 '에게'의 높임말로, 셋 중 유일하게 '께'로 씁니다. 다음으로 '연락할께'의 '께'는 약속이나 의지를 나타내는 어미인 'ㄹ게'입니다. '오늘 점심은 내가 다 살게'처럼 쓰죠. 여기에 '요'가 붙어도 마찬가지입니다. '연락할께요', '살께요'가 아니라 '연락할게요', '살게요'로 쓰는 것이 맞습니다. 마지막 문장인 '오늘따라 정말 할 께 없네'의 '께'도 '할 게 없네'라고 쓰는 것이 맞습니다. '게'는 '것이'의 구어로, '옷장에 입을 게(것이) 없네', '말할 게(것이) 있어'처럼 씁니다.

발음은 모두 [께]로 하는데요?

47쪽과 52쪽에서 '거', '걸'의 앞에 ㄹ이 오면 [꺼], [껄]로 발음이 바뀐다고 했었죠? 마찬가지로 '게'도 앞에 관형사형 ㄹ이 오면 [께]로 발음합니다.

확인하기

- 내가 다 (할게 / 할께).
- (부모님게 / 부모님께) 칭찬받았어요.
- 옷은 사도 사도 (입을 게 / 입을 께) 없네.

할게 | 부모님께 | 입을 게

09 결재하다 - 결제하다

사장님이 이미 결재하셨어요

무슨 의미일까요? 식당에서 점심값을 계산하려고 보니 이미 사장님이 지불하셨다는 반가운 말일까요? 안타깝지만 아닙니다. '결재하다'는 '지불하다'라는 의미가 아니라 '안건을 승인하다'라는 의미로, 주로 회사에서 쓰는 말입니다. 즉, 위 문장은 사장님이 이미 안건을 승인했다는 의미입니다. '지불하다'라는 의미는 '결제하다'라고 써야 합니다. '결제하다'는 돈을 주고받으며 서로 간의 거래를 끝내는 것을 가리키는 말로 주로 물건이나 서비스를 살 때 씁니다.

❓ '전자 결재 시스템을 결제했다'는 무슨 의미인가요?

'전자로 안건을 승인하는 시스템을 샀다'라는 의미입니다. 반대로 '전자 결제 시스템을 결재했다'라고 하면 '전자로 대금을 주고받는 시스템을 만드는 안건을 승인했다'라는 의미의 말이 됩니다.

'결재'의 ㅐ는 두 사람이 마주 보고 결재판을 주고받는 모양을 닮았으니 회사에서 쓰는 단어!

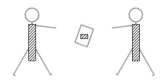

'결제'의 ㅔ는 사람이 카드를 주면서 계산하는 모양을 닮았으니 물건을 살 때 쓰는 단어!

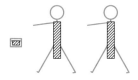

확인하기

- 카드 (결재되나요 / 결제되나요)?
- 방금 올린 안건 (결재 / 결제) 부탁드립니다.
- 인터넷 쇼핑몰에서 옷을 사는데 자꾸 (결재 / 결제) 오류가 나네요.

결제되나요 | 결재 | 결제

10 고 - 구

밥 (먹고 / 먹구) 영화 봐야지
내가 믿을 줄 (알고 / 알구)?
(친구하고 / 친구하구) 카페에 갈 거예요

세 문장에서 '고'와 '구' 중 어느 것이 표준어인지 골라 보세요. 정답은 모두 '고'입니다. 부드럽게 말하고자 '구'를 쓰곤 하지만 이는 표준어가 아닙니다. '고'는 다양한 상황에서 흔히 쓰이는데요. 예를 들어 '밥 먹고 영화 봐야지'처럼 '먹다', '보다'라는 2가지 사실을 연결해 줄 때나 '내가 믿을 줄 알고?'처럼 물음, 부정의 의미를 나타낼 때도 씁니다. '친구하고 카페에 갈 거예요'처럼 '랑'의 의미를 갖는 '하고'도 있습니다. 이 밖에도 '저는 모던걸이라고 해요'나 '그는 범인이 아니라고 주장했다'에 있는 '라고'도 '라구'가 아니라 '라고'로 쓰는 것이 맞습니다.

❓ '나도'가 맞나요, '나두'가 맞나요?

'나도'만 맞습니다. '나두 갈래', '뭐라두 줘', '여기 한 번두 안 와 봤어'라고 말할 때 '도'를 부드럽게 말하고자 '두'를 쓰는 경우가 있는데요. 이때도 '나도 갈래', '뭐라도 줘', '여기 한 번도 안 와 봤어'처럼 '도'를 쓰는 것이 맞춤법에 맞습니다.

확인하기

· 얼른 (정리하고 / 정리하구) 집에 가자.

· 꼭 답장을 해 (달라고 / 달라구) 했어.

· (너도 / 너두) 같이 갈래?

정리하고 | 달라고 | 너도

11 구지 - 굳이

구지 맞춤법을 지켜야 돼?

라는 생각이 들었다면 '1장. 맞춤법을 꼭 지켜야 하는 이유'를 다시 읽기를 추천합니다.

나는 필요성을 모르겠는데 상대가 과하게 요구할 때 이렇게 말하곤 하죠. 그렇다고 해서 '굳이'를 굳이 '구지'라고 쓸 필요는 없습니다. "고집을 부려 구태여"라는 뜻으로 말하고 싶다면 '굳이'가 맞는 말입니다. 왠지 '굳이'라고 쓰면 [구디]라고 읽어야 할 것 같나요? 하지만 '맏이', '해돋이'라고 쓰고 [마지], [해도지]라고 발음하는 것처럼 '굳이'도 [구지]라고 발음하지만 '굳이'라고 쓰는 것이 맞습니다.

❓ 왜 '굳이'를 [구디]가 아니라 [구지]라고 발음하나요?

우리말 발음의 큰 특징 중 하나인 구개음화 때문입니다. 구개음화는 ㄷ 받침 뒤에 '이'가 오면 ㄷ이 ㅈ 발음으로 바뀌는 현상입니다. 그래서 표기는 '굳이', '맏이', '해돋이'로 하지만 발음은 [구지], [마지], [해도지]로 합니다.

확인하기

· (구지 / 굳이) 오겠다고 하더라.
· 1월 1일에 (해도지 / 해돋이) 보러 갈래?
· 그가 (미다지문을 / 미닫이문을) 열고 들어왔다.

굳이 | 해돋이 | 미닫이문을

12 귀걸이 - 귀고리

네 귀고리 진짜 예쁘다

'귀에 거는 장식품'을 말할 때는 '귀걸이'가 맞을까요, '귀고리'가 맞을까요? **둘 다 맞는 말입니다.** 이처럼 둘 다 표준어로 인정받는 말을 복수 표준어라고 합니다.

원래는 '귀고리'만 표준어였습니다. 17세기에는 '귀엣골회', 19세기에는 '귀에고리'로 바뀌면서 지금의 '귀고리'가 됐는데요. 어원만 보면 '걸이'보다는 '고리'에 가까워 보여서 '귀고리'라고 쓴 것이죠. 그런데 우리 속담에 "코에 걸면 코걸이, 귀에 걸면 귀걸이"라는 말이 있습니다. 또 사람들이 '귀걸이'라는 말을 많이 쓰다 보니 함께 표준어로 인정받게 됐습니다. 하지만 '귀거리'는 틀린 말입니다.

? '목걸이'와 '목거리'도 둘 다 맞나요?

'목에 거는 장신구'는 '목걸이'라고 쓰는 것이 맞습니다. '목거리'는 목이 붓고 아픈 병을 말해요. 뜻이 완전히 다르죠. 발음이 같아서 헷갈리지만 표기에 따라 완전히 다른 단어가 되니 주의해서 써야 합니다.

확인하기

· 친구가 선물로 사 준 (귀거리야 / 귀고리야).
· 이 (귀거리는 / 귀걸이는) 어디에든 다 잘 어울려.
· (목거리와 / 목걸이와) (귀고리가 / 귀골이가) 한 세트입니다.

귀고리야 | 귀걸이는 | 목걸이와 | 귀고리가

13 금새 - 금세

얘가 금세 또 어디 간 거야?

위 문장에서 틀린 곳을 찾았나요? 혹시 '얘'가 어색해 보이나요? 다시 한번 생각해 보세요. '얘'는 '이 아이'의 줄임말이므로 맞는 말입니다. 이번에는 '금세'가 어색해 보이나요? 이번에도 다시 한번 생각해 보세요. '금세'도 맞는 말이기 때문입니다. 위 문장에는 틀린 게 없습니다. **'금세'는 '금시에'의 줄임말로, "지금 바로"라는 뜻입니다.** '시에'가 줄어서 '세'가 된 것이죠. 가끔 '금새'가 '금사이'의 줄임말이라고 생각해서 '금새'라고 쓰는 경우가 있는데요. '금사이'라는 말은 좀 어색하죠? '금세'가 맞습니다.

? '금새'는 없는 말인가요?

"물건의 값"이라는 뜻의 '금새'라는 말이 있습니다. '금새를 잘 쳐주세요'처럼 쓰기도 하는데요. 요즘에는 잘 쓰지 않는 말입니다.

확인하기

· 온 동네에 소문이 (금새 / 금세) 퍼졌다.

· 약을 먹으니 효과가 (금새 / 금세) 나타났다.

· 진열한 상품들이 (금새 / 금세) 다 팔렸다.

금세 | 금세 | 금세

ㅐ와 ㅔ의 발음

개 게

위의 말을 소리 내서 읽어 보세요. '개'와 '게'를 똑같이 발음하지 않았나요? 잘 모르겠다면 순서를 바꿔서 '게 개'를 소리 내서 말해 보세요. '개 게'나 '게 개'나 똑같이 발음했을 것입니다. 다른 말도 한번 읽어 볼까요?

내 네 / 대 데 / 배 베 / 새 세

이번에는 어떤가요? 역시나 앞뒤 발음이 똑같은데요. 분명히 문자는 다른데 발음이 같은 게 이상합니다. 현대 국어에서는 ㅐ와 ㅔ의 발음이 거의 같다고 봅니다. 만약 ㅐ와 ㅔ의 발음이 구별된다면 소리에 대한 감각이 뛰어난 사람이거나 연세가 조금 있는 분이 아니실까 조심스럽게 추측해 봅니다.

정확하게 말하면 ㅐ는 ㅔ보다 입을 더 벌려야 합니다. 우리말 모음의 발음을 결정하는 것 중 하나는 혀의 위치인데요. ㅔ는 혀의 위치가 높고 ㅐ는 혀의 위치가 낮습니다. 그래서 ㅐ 발음을 할 때는 ㅔ 발음을 할 때보다 입을 더 크게 벌리게 되죠. 하지만 현대 국어에서는 이것을 엄격히 구별하지 않습니다.

모음 사각도

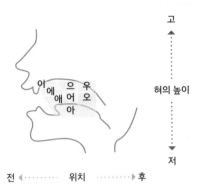

문제는 이것 때문에 맞춤법이 헷갈린다는 사실입니다. 다음의 말들이 모두 그런 예입니다.

결재하다 - 결제하다 / 금새 - 금세 /

도대체 - 도데체 / 매다 - 메다 /

재고하다 - 제고하다 / 재작년 - 제작년 /

채하다 - 체하다 / 하내 - 하네

왼쪽과 오른쪽 말의 발음이 같은데요. 이게 바로 맞춤법이 헷갈리는 이유입니다. 하지만 너무 걱정하지 마세요. 각 말의 용도와 의미 차이를 알면 쉽게 구별할 수 있습니다.

14 깨끗이 - 깨끗히

청소를 (깨끗이 / 깨끗히),
(간편이 / 간편히), (샅샅이 / 샅샅히) 하자

각각 '이'와 '히' 중 어느 것이 맞을까요? 정답은 '깨끗이', '간편히', '샅샅이'입니다. 「한글 맞춤법」에 따르면 [이]로만 발음되는 것은 '이'로, [히]로만 발음되거나 [이]나 [히] 둘 다로 발음되는 것은 '히'로 씁니다. 하지만 발음이 [이]인지 [히]인지 구별하는 것부터 어려운데요. 구별에 참고할 수 있는 몇 가지 대표적인 경향이 있습니다.

첫 번째로 앞말이 ㅅ으로 끝나면 '이'를 씁니다. '깨끗이', '따뜻이', '반듯이'는 모두 앞말이 ㅅ 받침으로 끝나므로 '이'를 씁니다. 두 번째로 '하다'를 넣었을 때 말이 되면 '히'를 씁니다. '간편히', '과감히', '엄격히'는 모두 '간편하다', '과감하다', '엄격하다'로 써도 말이 되니까 '히'를 씁니다. 마지막으로 앞말이 겹쳐 쓰인 명사라면 '이'를 씁니다. '낱낱이', '샅샅이', '틈틈이'처럼요. 하지만 이 외에도 많은 변수가 있어 정확한 표기는 국어사전을 찾아보는 것이 가장 정확합니다.

❓ '꼼꼼이 vs 꼼꼼히', '쓸쓸이 vs 쓸쓸히', '튼튼이 vs 튼튼히'는 어느 것이 맞나요?

'꼼꼼히', '쓸쓸히', '튼튼히'가 맞습니다. 앞말을 겹쳐 썼기 때문에 '이'라고 생각할 수 있지만 왼쪽에서 설명한 두 번째 경향처럼 '하다'를 넣었을 때 '꼼꼼하다', '쓸쓸하다', '튼튼하다'라고 말이 되므로 '히'를 쓰는 것이 맞습니다.

확인하기

· (솔직이 / 솔직히) 말해서 나 너 좋아해.
· 내가 (누누이 / 누누히) 당부했잖아!
· 아직도 시중에는 가짜 제품이 (버젓이 / 버젓히) 유통되고 있었다.

솔직히 | 누누이 | 버젓이

15 껍데기 - 껍질

① 게 껍데기

② 귤 껍데기

③ 나무 껍데기

④ 돼지 껍데기

⑤ 수박 껍데기

맞는 말은 무엇일까요? 정답은 '① 게 껍데기'입니다. 나머지는 '귤껍질', '나무껍질', '돼지 껍질', '수박 껍질'이라고 쓰는 것이 적절합니다. '껍데기'는 "달걀이나 조개 따위의 겉을 싸고 있는 단단한 물질"이라는 뜻으로, 게, 굴, 달걀 등 딱딱한 것과 함께 쓰는 말입니다. 반면 '껍질'은 "물체의 겉을 싸고 있는 단단하지 않은 물질"이라는 뜻으로, 귤, 돼지, 수박 등 단단하지 않은 것과 함께 씁니다. 얼핏 비슷해 보이지만 '껍데기'는 단단한 것, '껍질'은 단단하지 않은 것과 쓴다는 점을 꼭 기억하세요.

❓ '조개껍데기'가 맞나요, '조개껍질'이 맞나요?

둘 다 맞습니다. "조갯살을 겉에서 싸고 있는 단단한 물질"이라는 뜻으로 둘 다 널리 쓰이기 때문에 예외적으로 복수 표준어로 인정받았습니다.

확인하기

· 양파 (껍데기를 / 껍질을) 까다가 눈물이 났다.
· (밤껍데기는 / 밤껍질은) 음식물 쓰레기가 아니라 일반 쓰레기다.
· 소라 (껍데기를 / 껍질을) 귀에 대면 파도 소리가 들린다.

껍질을 | 밤껍질은 | 껍데기를

16   난 - 란

개선이 필요한 사항은 (의견난에 / 의견란에) 적어 주세요

의견을 쓸 수 있는 지면은 뭐라고 할까요? 정답은 '의견란'입니다. 이때 '란'은 '난간 란欄'이라는 한자어인데요. **'란' 앞에 한자어가 오면 '란'으로 써야 합니다.** 그래서 '의견', '광고', '독자' 등의 한자어가 오면 '의견란', '광고란', '독자란'으로 씁니다. 하지만 앞에 고유어 또는 외래어가 오면 '란'이 '난'으로 바뀝니다. '생각난', '가십난'처럼요.

물어보기 부끄러워 묻지 못한 맞춤법 & 띄어쓰기 100

'란'이 한자어라는 사실을 기억하세요. 같은 한자어끼리 만나면 성격이 같은 말의 만남이니 편안해서 '란'이라는 본모습을 유지하고, 고유어나 외래어를 만나면 다른 성격의 말이라 불편하니 '난'으로 변신한다고 기억하면 쉬워요.

확인하기

- 자세한 설명은 더 보기 (난을 / 란을) 클릭하세요.
- 고객들이 (비고난에 / 비고란에) 적어 준 의견들이 인상 깊었다.
- 이 신문에는 (어린이난이 / 어린이란이) 따로 있다.

난을 | 비고란에 | 어린이난이

17 날라가다 - 날아가다

컴퓨터가 갑자기 꺼져서 작업한 게 다 날라갔어

누구나 한 번쯤은 겪어 봤을 만한 끔찍한 일이죠. 너무 당황스러운 상황이라 맞춤법까지 신경 쓰기는 어렵겠지만 정확히 말하면 '날라갔어'가 아니라 '날아갔어'라고 쓰는 게 맞습니다. '날라가다'라는 말은 표준어가 아닙니다. '작업한 게 다 날아갔어'처럼 무언가가 허망하게 없어졌을 때 쓰는 말은 '날아가다'입니다. 또한 '새가 하늘을 날아간다'처럼 공중을 날거나 '아까 뛰는 거 보니까 완전히 날아가던데'처럼 빠르게 움직일 때 쓰기도 합니다.

❓ '종을 누르다'가 맞나요, '종을 눌르다'가 맞나요?

'종을 누르다'가 맞습니다. '눌르다'에서 ㄹ을 하나 빼는 것이 맞으며 '눌르다'는 표준어가 아닙니다. 비슷한 예로 '서두르다', '이르다', '저지르다'가 있습니다. '서둘르다', '일르다', '저질르다'는 표준어가 아니에요.

확인하기

· (날라가는 / 날아가는) 새도 떨어뜨리는 권력이다.
· 시작 버튼을 (누르고 / 눌르고) 기다리세요.
· 그는 자신이 (저지른 / 저질른) 죄를 인정했다.

날아가는 | 누르고 | 저지른

18   낫다 - 낳다

하루빨리 낳길 바랄게

어떤 상황에서 하는 말일까요? 몸이 아픈 친구가 하루빨리 건강을 회복하길 바라는 말일까요? 아닙니다. 친구가 빨리 아이를 출산하길 바란다는 말입니다. '낫다'와 '낳다'는 발음이 비슷해서 헷갈리기 쉬운데요. '낳다'는 "배 속의 아이, 새끼, 알을 몸 밖으로 내놓다"리는 뜻입니다. 병이 고쳐진다는 말을 할 때는 '낫다'를 쓰는 것이 맞습니다. 그리고 '그거보다 이게 더 좋다'라는 의미로 말할 때도 '낳다'가 아니라 '낫다'를 써서 '그거보다 이게 더 낫다'라고 써야 합니다.

참고로 '낫다'는 '낫' 뒤에 모음으로 시작하는 어미가 오면 ㅅ이 탈락합니다. 그래서 병이 '나았다', '나으면', '나아서'처럼 ㅅ을 빼고 씁니다.

💡 '낳다'에 있는 ㅎ이 마치 모자를 쓴 아이의 얼굴 같지 않나요? '낳'이 아이를 낳는 모양이라고 생각하면 외우기 쉬울 거예요.

확인하기

· 내 생각에는 이게 더 (나은 / 낳은) 것 같아.

· 아픈 건 이제 다 (나았어 / 낳았어)?

· 고양이가 새끼를 (나았다 / 낳았다).

나은 | 나았어 | 낳았다

> **선생님 : 자, 출석을 불러 볼게요. 모던걸?**
>
> **모던걸 : 네!**

교실에서 선생님이 출석을 부르기 시작합니다. 드디어 내 이름을 부르는 소리가 들리네요. 이때 뭐라고 대답할 건가요? '네'라고 하나요, 아니면 '예'라고 하나요? '네'라고 대답해도, '예'라고 대답해도 맞습니다. '네'와 '예'는 복수 표준어입니다. 「표준어 규정」 제1부 제2장 제5절 제18항을 보면 '네'와 '예'가 비슷하게 많이 쓰이고 있기 때문에 복수 표준어로 삼는다고 나와 있습니다. '네'와 '예'는 모두 윗사람의 부름에 대답하거나 묻는 말에 긍정할 때 쓰는 감탄사입니다.

우리가 평소에 자주 쓰는 복수 표준어를 모아 봤어요.

- 가엽다 - 가엾다
- 깨뜨리다 - 깨트리다
- 따듯하다 - 따뜻하다
- 떨어뜨리다 - 떨어트리다
- 삐지다 - 삐치다
- 소고기 - 쇠고기
- 여쭈다 - 여쭙다
- 예쁘다 - 이쁘다
- 자장면 - 짜장면
- 헷갈리다 - 헛갈리다

20 네가 - 니가

네가 해 vs 니가 해

'네'와 '니', 둘 중 무엇이 표준어일까요? '니가 해'의 '니'는 '네'의 구어인데요. 아직 표준어로 인정받지 못했습니다. 그래서 '네'만 표준어입니다.

'네'는 대명사 '너'에서 온 말입니다. '너'가 특정한 상황에서 '네'로 바뀌는데요. 우선 '너' 다음에 조사 '가'가 오면 자동으로 '네'로 바뀝니다. 그래서 '니가 해'가 아니라 '네가 해'로 씁니다. 그리고 '너의'를 줄여서 '네'라고 쓰기도 합니다. '네(너의) 자리', '네(너의) 책'처럼요.

? '너가'와 '너 것'은 표준어인가요?

'니가'와 '니 거'만큼이나 많이 쓰는 것이 '너가'와 '너 것'인데요. 이것도 아직까지 표준어로 인정받지 못했습니다. 표준어를 사용하고 싶다면 '네'만 쓰는 것이 맞습니다.

확인하기

· (네가 / 니가) 먼저 시작했잖아.
· 내 것 (너 / 네) 것 가리지 말고 서로 도와주렴.
· 난 (네가 / 니가) 참 좋아.

네가 | 네 | 네가

21 늘리다 - 늘이다

바짓단을 조금만 (늘려 / 늘여) 주세요

바짓단을 길게 수선하려면 뭐라고 말해야 할까요? 정답은 '늘여 주세요'입니다. '늘리다'와 '늘이다'는 뜻과 발음이 비슷해서 헷갈리지만 쓰임이 다르므로 구별해서 써야 합니다. '늘이다'는 주로 길이를 나타낼 때 쓰는 말입니다. 바짓단은 길이를 길게 하는 것이므로 '늘이다'를 씁니다. 또한 '머리카락을 길게 늘이다'처럼 아래로 길게 처지게 할 때도 '늘이다'를 씁니다. 반면 '늘리다'는 주로 '매장 크기를 늘리다'처럼 넓이나 부피를 커지게 할 때 쓰는 말입니다. '구독자를 늘리다', '체중을 늘리다'처럼 수나 분량이 많아지거나 무게가 늘어날 때도 '늘리다'를 씁니다.

❓ '재산을 늘리다'가 맞나요, '재산을 늘이다'가 맞나요?

'늘리다'는 "살림을 넉넉하게 하다"라는 뜻도 가지고 있으므로 '재산을 늘리다'가 맞습니다. 덧붙여 '쉬는 시간을 늘리다', '실력을 늘리다', '세력을 늘리다' 등도 모두 '늘리다'를 씁니다.

확인하기

· 치마가 짧아서 길이를 (늘려야겠어 / 늘여야겠어).

· 운동량을 (늘려서 / 늘여서) 체력을 키워야지.

· 지속적인 성장을 위해 투자를 최대한으로 (늘렸다 / 늘였다).

늘여야겠어 | 늘려서 | 늘렸다

22 다르다 - 틀리다

실물이 사진과 틀려요

인터넷 쇼핑 후기에서 자주 볼 수 있는 말이죠. 그런데 '틀려요'가 아니라 '달라요'라고 했으면 좀 더 신뢰가 갔을지도 모르겠습니다. 이 때 '틀리다'는 '틀린' 표현입니다. '다르다'와 '틀리다'는 '다른' 뜻을 가진 '다른' 단어입니다. '다르다'는 "비교가 되는 두 대상이 서로 같지 아니하다"라는 뜻입니다. 비교의 의미를 가지고 있어 주로 비교할 때 쓰는 '과', '와', '랑'을 함께 씁니다. 그래서 '야구랑 농구는 달라'처럼 쓰죠. 반면 '틀리다'는 "셈이나 사실 따위가 그르게 되거나 어긋나다"라는 뜻입니다. 여기에는 옳고 그름의 의미가 들어 있어요. 그래서 '네 답은 틀렸어'처럼 옳고 그름을 가릴 때 씁니다.

문제는 '이 집 소문이랑 틀리네' 같은 표현입니다. 무언가가 잘못됐다고 말하고자 '틀리다'라고 쓰는 경우가 있는데요. 정확하게는 소문과 실제를 비교하는 의미이므로 '다르다'를 쓰는 것이 맞습니다. '틀리다'를 쓰고 싶다면 '이 집에 대한 소문은 틀렸어'처럼 쓸 수 있겠죠.

'다르다'는 different, '틀리다'는 wrong! 영어로 뜻을 생각해 보면 이해하는 데 도움이 될 거예요.

확인하기

· 내 생각은 너랑 (달라 / 틀려).

· 우리 서로 살아온 배경이 (다름을 / 틀림을) 인정하자!

· 하나도 안 (다르고 / 틀리고) 다 정확하게 맞혔어.

달라 | 다름을 | 틀리고

오늘 삼겹살에 소주가 땡기네

삼겹살에 소주는 진리죠. '땡기네'라고 해야 말맛이 사는데 아쉽지만 '당기네(당기다)'가 표준어입니다. '땡기다'는 '당기다'의 방언이에요. '당기다'는 '삼겹살에 소주가 당기다'처럼 "입맛이 돋우어지다"라는 뜻과 '마음이 당기다'처럼 "좋아하는 마음이 일어나 저절로 끌리다"라는 뜻을 가지고 있습니다. 또한 '결혼 날짜를 당기다', '줄을 당기다'처럼 '끌어온다'라는 의미로 쓰기도 합니다.

'당기다'는 '땅기다'와도 헷갈리는데요. '땅기다'는 "몹시 단단하고 팽팽하게 되다"라는 뜻으로, '얼굴이 땅기다'처럼 씁니다.

❓ 비슷한 예가 또 있나요?

'딱 짤라 말하다', '머리를 짜르다'의 '짜르다'도 '자르다'가 표준어입니다. '모자라다'라는 의미로 말할 때 쓰는 '딸리다'도 '달리다'가 표준어입니다. '이해력이 딸리다', '체력이 딸리다'가 아니라 '이해력이 달리다', '체력이 달리다'가 표준어를 사용한 표현입니다.

확인하기

· 연애할 때 밀고 (당기기가 / 땅기기가) 너무 어려워.
· 건조해서 그런지 얼굴이 (땅기네 / 땡기네).
· 나는 힘이 (달려서 / 딸려서) 더 이상은 못 가겠어.

당기기가 | 땅기네 | 달려서

이 책 정말 재미있데

위 문장은 둘 중 무슨 의미일까요?

1. 이 책이 재미있다는 말을 **다른 사람에게 듣고 전하는** 말
2. 이 책을 **본인이 직접 읽고** 재미있다는 것을 다른 사람에게 전하는 말

정답은 2번입니다. 1번의 의미를 전달하고 싶다면 '재미있대'라고 쓰는 것이 맞습니다. '대'와 '데'는 어미라는 공통점이 있지만 뜻은 완전히 다릅니다. '대'는 '다고 해'와 같은 뜻으로 다른 사람이 한 말을 듣고 그것을 또 다른 사람에게 전할 때 씁니다. '이 책 정말 재미있대'라고 하면 다른 사람이 이 책이 재미있다고 한 말을 듣고 그것을 또 다른 사람에게 전달하는 것입니다. 반면 '데'는 '더라'와 같은 뜻으로 말하는 사람이 직접 겪은 일을 다른 사람에게 전할 때 씁니다. 그래서 '이 책 정말 재미있데'는 본인이 직접 읽고 다른 사람에게 알려 주는 말입니다.

'다고 해'를 넣어서 말이 되면 '대'를, '더라'를 넣어서 말이 되면 '데'를 쓰면 됩니다.

'대'의 ㅐ는 마치 사람과 사람 사이에서 말이 옮겨지는 모양이고, '데'의 ㅔ는 다른 사람을 두고 혼자서 말하는 모양이라고 생각해 보세요. '대'가 다른 사람이 한 말을 전하는 말이고 '데'는 본인의 경험을 전하는 말이라는 점을 ㅐ와 ㅔ의 모양에 대입하면 기억하기 쉬울 거예요.

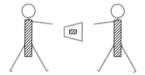 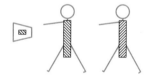

확인하기

· 모던걸은 오늘 모임에 조금 (늦는대 / 늦는데).
· 그래서 그 둘이 (사귄대 / 사귄데)?
· 내가 직접 들었는데 모던보이 노래 정말 (잘하대 / 잘하데).

늦는대 | 사귄대 | 잘하데

'대'와 '데'의 심화 과정

'대'와 '데', 88쪽에서 설명한 2가지 맞춤법만 있으면 얼마나 좋을까요. 하지만 사람들이 '대'와 '데'를 많이 틀리는 건 다 이유가 있습니다. 그래서 '대'와 '데'를 완벽하게 정복할 수 있는 심화 과정을 준비했습니다.

① 말하는 (대로 / 데로) 될 거야

② 거기 정말 예쁜 (대가 / 데가) 있어

③ 보자고 (했는대 / 했는데) 아직 안 왔네

④ 그래서 뭐 먹을 (건대 / 건데)?

⑤ 오늘 날씨 (좋은대 / 좋은데)!

89쪽에서 설명한 대로 '대'와 '데' 자리에 '다고 해'와 '더라'를 넣었지만 둘 다 말이 안 되는 경우가 있습니다. ①번 문장에 '다고 해'와 '더라'를 넣으면 '말하는 다고 해(?)로 될 거야', '말하는 더라(?)로 될 거야'처럼 이상해집니다. ②~⑤번도 마찬가지고요. 왜냐하면 ①~⑤번에 쓰인 '대'와 '데'는 88쪽에서 살펴본 어미 '대', '데'와는 또 다른 말이기 때문입니다. ①~②번은 의존 명사이고 ③~⑤번은 'ㄴ데'라는 어미입니다.

말하는 대로 될 거야

이때의 '대'는 의존 명사 '대로'입니다. '대로'는 "어떤 모양이나 상태와 같이" 또는 "어떤 상태나 행동이 나타나는 즉시"라는 뜻으로, '대로'라고 쓰는 것이 맞습니다. '본 대로 말해', '집에 도착하는 대로 연락해'처럼 쓰죠. 참고로 의존 명사 '대로'는 앞말에 띄어서 씁니다.

비슷한 예로 '법대로 해라'가 있는데요. 이때도 '대로'를 씁니다. 하지만 이때의 '대로'는 조사이므로 앞말에 붙여서 씁니다. '그대로 있어'라고 할 때의 '그대로'를 생각하면 기억하기 쉬울 거예요.

거기 정말 예쁜 데가 있어

이때는 '곳', '것', '경우'를 가리키는 의존 명사 '데'를 씁니다. 즉, '데'를 '곳', '것', '경우'로 바꿨을 때 말이 된다면 '데'를 쓰는 것이 맞습니다. '거기 정말 예쁜 곳이 있어'라고 해도 말이 되는 것처럼요. 이때도 의존 명사이므로 앞말에 띄어서 씁니다.

우리가 어제 만났던 [대로 / 데로] 와

그럼 위 문장에서는 어떤 말을 써야 할까요? '우리가 어제 만났던 곳으로 와'라는 의미라면 '데로'가 맞고, '우리가 어제 만났던 모습이나 방식 그대로 와'라는 의미라면 '대로'가 맞습니다. '대로'인지 '데로'인지에 따라 의미가 달라지므로 유의해서 써야 합니다.

보자고 <u>했는데</u> 아직 안 왔네

그래서 뭐 먹을 <u>건데</u>?

오늘 날씨 <u>좋은데</u>!

위 세 문장에 쓰인 '데'는 어미 'ㄴ데'입니다. 모두 '데' 앞에 ㄴ이 있죠. 'ㄴ데'가 한 세트입니다. 'ㄴ데'는 '보자고 했는데 아직 안 왔네'처럼 앞과 뒤의 상황이 다른 경우에 쓰거나 '그래서 뭐 먹을 건데?'처럼 일정한 대답을 요구하며 물어보는 경우에 씁니다. 또한 '오늘 날씨 좋은데!'처럼 감탄의 의미를 넣어서 말함으로써 그에 대한 청자의 반응을 기다리는 경우에도 씁니다.

'대'와 '데'의 맞춤법을 정확하게 이해하고 평소에 '대'와 '데'를 쓸 때마다 어떤 뜻인지 생각하는 훈련을 해 보세요. 어느새 고민하지 않고 '대'와 '데'를 올바르게 쓰고 있을 것입니다.

대가 - 댓가

열심히 일한 노력의 (대가다 / 댓가다)

"일을 하고 그에 대해 받는 보수"라는 뜻이면 '대가'라고 쓰는 게 맞을까요, '댓가'라고 쓰는 게 맞을까요? 정답은 '대가'입니다. 왠지 ㅅ을 넣어야 할 것 같은 느낌이 들지만 여기에는 넣지 않습니다. 그 이유는 사이시옷의 표기 규칙 때문입니다. '대가'는 '대신하다 대代'와 '가격 가價'가 합쳐진 '한자어+한자어' 구성인데요. 한자어와 한자어 사이에는 사이시옷이 들어가지 않으므로 '대가'로 쓰는 것이 맞습니다.

사이시옷은 규칙과 예외가 많아서 많은 사람들이 헷갈려 하는 고급 맞춤법 중 하나인데요. 96쪽에서 사이시옷에 대해 좀 더 구체적으로 알아볼게요.

❓ '숫자'나 '횟수'도 한자어이므로 '수자', '회수'로 써야 하나요?

예외가 있습니다. '곳간', '셋방', '숫자', '찻간', '툇간', '횟수'는 한자어이
지만 사이시옷을 씁니다.

확인하기

· 그녀는 (대가 / 댓가) 없이 선행을 베풀었다.
· 요즘 야식을 시켜 먹는 (회수가 / 횟수가) 늘었다.
· 여름에 (바다가 / 바닷가) 놀러 갈 사람?

대가 | 횟수가 | 바닷가

사이시옷의 5가지 반전

바다 + 가

순대 + 국

아래 + 집

해 + 별

위에 짝 지어진 단어들을 붙여서 한 번에 읽어 보세요. 아마 [바닫까, 바다까], [순댇꾹, 순대꾹], [아랟찝, 아래찝], [핻뼐, 해뼐]으로 읽었을 것입니다. 원래 각각의 단어에는 ㄷ 받침이나 된소리가 없는데 붙여서 읽으니까 ㄷ 받침소리가 생기고 뒷말이 ㄲ, ㅉ, ㅃ 같은 된소리로 바뀌었습니다.

바다 + ㅅ + 가 = 바닷가

순대 + ㅅ + 국 = 순댓국

아래 + ㅅ + 집 = 아랫집

해 + ㅅ + 별 = 햇별

사이시옷은 이렇듯 2개의 형태소나 단어가 합쳐져서 합성어를 만들 때 그 사이에 막힌 소리가 나는 것을 표기하는 방법입니다. 사이시옷을 표기하기 위해서는 2가지 조건이 필요한데요.

1. 고유어 조건

합성어가 '고유어+고유어' 또는 '한자어+고유어'여야 한다.

2. 된소리, ㄴ 조건

뒷말이 된소리가 나거나 앞말의 받침에 ㄴ 소리가 덧나야 한다.

예로 들었던 바닷가, 순댓국, 아랫집, 햇볕 각각의 단어는 모두 고유어이고 또 뒷말이 된소리로 바뀌었으니 사이시옷을 씁니다.

깨 + 잎[깬닙] → 깻잎

나무 + 잎[나문닙] → 나뭇잎

노래 + 말[노랜말] → 노랫말

혼자 + 말[혼잔말] → 혼잣말

또한 각각의 단어가 모두 고유어이고 ㄴ 소리가 덧나는 경우에도 사이시옷을 씁니다.

여기까지만 보면 사이시옷을 넣는 법이 그리 복잡해 보이지 않는데요. 하지만 사이시옷에는 5가지 반전이 있습니다.

1. 사이시옷의 존재 이유는 아무도 모른다

15세기에는 말과 말 사이에 ㅅ이 들어가면 앞말이 뒷말을 꾸며 주는 역할을 했는데요. 학계에 논란이 있긴 하지만 현대 국어로 오면서 규칙이 사실상 없어졌다고 봅니다. 하지만 여전히 발음으로 남아 있으니 이것을 표기하기 위해 사이시옷을 쓰는 것입니다. 참고로 북한어에는 사이시옷이 없습니다.

2. 원래 뒷말이 된소리면 사이시옷을 넣지 않는다

뒤 + 쪽 → 뒤쪽

'뒤쪽'의 '쪽'은 된소리가 아니던 것이 '뒤'의 영향을 받아서 된소리로 바뀐 게 아닙니다. 원래부터 '쪽'은 '쪽'이었습니다. 처음부터 된소리였던 것이죠. 그래서 여기에는 사이시옷을 쓰지 않습니다.

3. 한자어만 있거나 외래어가 있으면 안 된다

개수(個數) / 대가(代價) / 초점(焦點) / 허점(虛點)

왠지 모두 '갯수', '댓가', '촛점', '헛점'으로 써야 할 것 같지만 모두 '한자어+한자어' 구성이므로 사이시옷을 쓰지 않습니다.

마스크값(mask) / 버스값(bus) / 서비스값(service)

외래어가 쓰인 경우에도 사이시옷을 쓰지 않습니다. 사이시옷은 우리말에 있는 현상이니 우리말인 고유어를 쓸 때 생기는 표기라고 기억하면 쉬울 거예요.

4. '한자어+한자어'라도 사이시옷이 들어가는 경우가 있다

앞서 '한자어+한자어' 구성에는 사이시옷을 쓰지 않는다고 했지만 예외가 있습니다. 딱 6개입니다.

곳간 / 셋방 / 숫자 / 찻간 / 툇간 / 횟수

한자어이긴 하지만 ㅅ이 들어간 상태로 표기가 굳어진 단어들입니다. ㅅ을 빼면 뜻을 파악하기 어렵다고 봐서 예외적으로 인정하고 있습니다. 특히 '숫자'와 '횟수'는 요즘에도 많이 쓰는 말이니 꼭 기억하는 게 좋겠죠?

5. 당신의 발음이 틀렸다

머리말 / 반대말 / 인사말

위 단어들을 읽어 보세요. [머린말], [반댄말], [인산말]이라고 읽었나요? ㄴ 소리가 덧나니까 '머릿말', '반댓말', '인삿말'이라고 써야 할 것 같습니다. 하지만 이 단어들의 표준 발음법은 [머리말], [반대말], [인사말]입니다. ㄴ 소리가 덧나지 않으므로 사이시옷도 쓰지 않는 것이 맞습니다.

던지 - 든지

지금 하던지 나중에 하던지 언젠가는 꼭 해야 할 일이야

위 문장에서 이상한 것을 찾았나요? '하던지'가 아니라 '하든지'가 맞춤법에 맞는 말입니다. '든지'는 선택의 상황에서 쓰는 말이에요. 지금 할지 나중에 할지 선택을 하는 상황이므로 '든지'를 쓰는 것이 맞습니다. 참고로 '하든 말든', '하든가 말든가'도 마찬가지로 '든'을 씁니다. 반면 '던지'는 과거의 상황을 회상할 때 쓰는 말입니다. 여기에는 선택의 의미가 없고 '하늘이 얼마나 예쁘던지'처럼 회상의 의미를 갖고 있습니다.

영어에서 do는 시제에 따라 do-did-done으로 바뀝니다. 마지막 done[던]은 과거 분사인데요. 영어의 done을 떠올리면서 우리말의 '던'도 과거의 의미를 갖고 있다고 기억해 보세요.

확인하기

· 그 영화가 어찌나 (재밌던지 / 재밌든지) 잊을 수가 없어.

· (가지던지 말던지 / 가지든지 말든지) 맘대로 해.

· (치킨이던 피자던 / 치킨이든 피자든) 빨리 시키자!

재밌던지 | 가지든지 말든지 | 치킨이든 피자든

27 도대체 - 도데체

(도대체 / 도데체) 무슨 생각일까?

이것도 '대'와 '데'의 발음이 비슷해서 헷갈리는 맞춤법 중 하나인데요. '도데체'가 아니라 '도대체'를 쓰는 것이 맞습니다. '도대체'는 '도대체 무슨 생각일까?'처럼 전혀 모르겠어서, 너무 궁금해서 물어볼 때 쓰거나 '도대체 공부를 너무 안 해'처럼 부정문에 쓰기도 합니다. 참고로 '도대체都大體'는 한자어입니다.

한자어에 '데'라는 음이 있다는 것을 들어 봤나요? '데'라는 한자어는 없습니다. '도대체'는 한자어라는 것을 기억하세요. 앞으로 '대'를 '데'로 쓸 일은 없을 거예요.

확인하기

· (도대체 / 도데체) 왜 그러는지 모르겠어.
· 답을 (도대체 / 도데체) 알 수가 없어.
· (도대체 / 도데체) 무슨 말이 하고 싶은 거야?

도대체 | 도대체 | 도대체

봄이 (돼면 / 되면) 벚꽃 보러 가야지

빨리 여름이 (돼서 / 되서) 놀러 가고 싶다

각각 '돼'와 '되' 중 어느 것이 맞을까요? 첫 번째 문장은 '봄이 되면', 두 번째 문장은 '여름이 돼서'라고 써야 합니다. '돼'와 '되'의 구별은 생각보다 간단해요. '돼'는 '되어'의 줄임말로, 딱 봐도 '되어'에서 ㅇ만 빠지면 '돼'가 됩니다. 오른쪽에서 '돼'와 '되'를 구별하는 2가지 방법을 알려 드릴게요. 2가지 중에서 골라서 쓰면 됩니다.

'돼'와 '되'가 쓰이는 자리에 '되어'를 넣어 보세요. '돼'는 '되어'의 줄임 말이니 '되어'를 넣어서 말이 되면 '돼'를, 말이 안 되면 '되'를 쓰면 됩니다.

봄이 **되어**면(?) 벚꽃 보러 가야지 → 되

빨리 여름이 **되어**서 놀러 가고 싶다 → 돼

'돼'와 '되'가 쓰이는 자리에 '하'와 '해'를 넣어 보세요. '하'를 넣는 것이 자연스러우면 '되'를, '해'를 넣는 것이 자연스러우면 '돼'를 쓰면 됩니다.

봄이 **하**면 vs **해**면(?) → 되

여름이 **하**서(?) vs **해**서 → 돼

확인하기

- 모던걸이 반장이 (됐대 / 됬대).
- 부자가 (돼고 / 되고) 싶다.
- 컴퓨터 잘 (돼 / 되)?

됐대 | 되고 | 돼

들르다 - 들리다

나 도서관에 (들렀다 / 들렸다) 갈게

도서관에 머물렀다 간다는 말을 하려면 어떻게 쓰는 것이 맞을까요? 정답은 '들렀다'입니다. '들렀다'는 '들르다'를 활용한 말이고 '들렸다'는 '들리다'를 활용한 말입니다. '들르다'와 '들리다'는 ㅡ와 ㅣ 모음 하나 다른 것뿐인데 뜻이 많이 다릅니다. '들리다'는 '종소리가 들리다'처럼 "소리가 알아차려진다"라는 뜻입니다. '들리다'는 '들려', '들렸다'처럼 활용합니다. 그래서 '도서관에 들렸다 갈게'라고 하면 의미가 어색해집니다. '들르다'는 "지나가는 길에 잠깐 들어가 머무르다"라는 뜻입니다. '들르다'는 '들러', '들렀다'처럼 활용하므로 도서관은 '들렀다' 가는 것이 맞습니다.

‘들리다’를 ‘들르다’로 잘못 쓰는 경우는 거의 없습니다. 대부분 ‘들르다’를 ‘들리다’로 쓰는 경우가 많은데요. ‘들르다’의 활용형은 ‘들려’가 아니라 ‘들러’라는 것을 기억하세요.

확인하기

· 너의 목소리가 (들러 / 들려).
· 마트에 (들러서 / 들려서) 간식을 샀다.
· 휴게소 (들렀다 / 들렸다) 가는 데 얼마나 걸려?

들려 | 들러서 | 들렀다

무리 중에서도 눈에 (띄는 / 띠는) 사람이 한 명 있었다

무엇이 맞을까요? 정답은 '띄는'입니다. '두드러진다', '눈에 보인다'라는 의미를 전달할 때는 '띄다'를 써야 합니다. 주로 '눈에'와 함께 쓰죠. 또한 '띄다'는 '띄어서 앉아라'처럼 '공간적으로 멀게 한다'라는 의미를 가진 '띄우다'의 줄임말이기도 합니다. 반면 '띠다'는 주로 빛깔이나 색채를 갖고 있거나 감정이나 기운을 나타낼 때 씁니다. '붉은색을 띤 옷', '미소를 띠다'처럼요.

❓ '중대한 임무를 띄다'가 맞나요, '중대한 임무를 띠다'가 맞나요?

'중대한 임무를 띠다'가 맞습니다. '띠다'는 "용무나 직책, 사명 따위를 가지다"라는 뜻도 갖고 있어요. 또한 '이 책은 실용적인 성격을 띠고 있다'처럼 "어떤 성질을 가지다"라는 뜻으로 말할 때도 '띠다'를 씁니다.

❓ '띄어서 앉아라'를 '띄워서 앉아라'라고 쓰면 틀린 건가요?

'띄다'는 '띄우다'의 줄임말이므로 '띄어서'와 '띄워서'를 모두 쓸 수 있습니다. 하지만 한 단어인 '띄어쓰기'는 '띄어쓰기' 형태로 굳어졌기 때문에 '띄워쓰기'라고 쓰지 않아요.

확인하기

· 방역을 위해 1미터씩 (띄어서 / 띠어서) 서세요.
· 그녀는 웃음기를 (띈 / 띤) 얼굴로 나에게 말했다.
· 도시가 눈에 (띄게 / 띠게) 발전했다.

띄어서 | 띤 | 띄게

무더위로 인해 사용되는 [에너지량이 / 에너지양이] 급증했다

정답은 '에너지양이'입니다. 이때의 '양'은 분량을 나타내는 한자어 '량/양量'인데요. 앞에 오는 말에 따라서 '량'으로 쓰기도 하고 '양'으로 쓰기도 합니다. 앞에 고유어나 외래어가 오면 '양'이라고 씁니다. 따라서 외래어인 '에너지'와 함께 쓸 때는 '에너지양'이라고 씨야 합니다. 고유어와 함께 쓴 '구름양', '먹이양', 외래어와 함께 쓴 '데이터양'도 마찬가지입니다. 하지만 앞에 한자어가 오면 '량'을 씁니다. '공급량', '업무량', '통화량'처럼요.

한자어인 '량'은 앞에 한자어가 오면 성격이 같으므로 편안함을 느껴서 '량'이라는 본모습을 유지하고, 다른 종류인 고유어나 외래어가 오면 불편해서 '양'으로 바뀐다고 기억하세요. 72쪽의 '난 - 란'과 같은 원리로 기억하면 쉬울 거예요.

확인하기

- 오늘은 (작업량이 / 작업양이) 많으니까 서둘러 시작하자.
- 우리나라 사람들은 소금 (섭취량이 / 섭취양이) 많은 편이다.
- 대기 중의 (오존량을 / 오존양을) 측정하다.

작업량이 | 섭취량이 | 오존양을

로서 - 로써

맞춤법 유튜버로서 어깨가 무겁다

편한 친구들에게 연락할 때도 괜히 한 번 더 맞춤법을 찾아보게 되는 제 속마음입니다. 그런데 혹시 '로써 아니야?'라고 생각했나요? 이때는 '로서'를 쓰는 것이 맞습니다. 지위, 신분, 자격의 의미를 나타낼 때는 '로서'를 씁니다. 즉, '맞춤법 유튜버로서'는 맞춤법 유튜비라는 자격을 의미합니다. '로써'는 수단, 도구, 시간, 원료의 의미를 나타낼 때 씁니다. '눈물로써 호소하다', '쌀로써 떡을 만든다'처럼 쓰죠.

❓ '로서'와 '로써' 둘 다 [로써]로 발음하나요?

표준 발음법에 맞게 발음하려면 '로서'는 [로서]로, '로써'는 [로써]로

발음하는 것이 맞습니다.

확인하기

· 회사의 (대표로서 / 대표로써) 막중한 책임감을 느낀다.

· (말로서 / 말로써) 천 냥 빚을 갚는다.

· 고향을 떠난 지 (올해로서 / 올해로써) 10년이 됐다.

대표로서 | 말로써 | 올해로써

저희 회사의 연평균 매출 (성장률은 / 성장율은) 500%로 업계 최고 수준입니다.

또한 신규 고객 수 (증감률도 / 증감율도) 전년 대비
400% 수준으로 빠르게 성장하고 있습니다.

현재 이미 올해 매출 목표 (진도률을 / 진도율을) 150% 달성했고,
올해 말까지 목표 (달성률을 / 달성율을) 300%로 끌어올리는 것이 목표입니다.

몹시 빠르게 성장하는 회사네요. 각각 '률'과 '율' 중 어느 것이 맞을까요? 정답은 '성장률은', '증감률도', '진도율을', '달성률을'입니다. '률'과 '율', 둘 다 '비율'할 때의 '율率'인데요. 앞에 어떤 말이 오는지에 따라 '률'과 '율'을 구별해서 씁니다. '율'은 앞말에 받침이 없거나 ㄴ 받침으로 끝나는 말이 올 때 씁니다. '진도율'의 '진도'는 받침이 없이 끝나므로 '율'을 쓰는 것이 맞습니다. 그리고 '할인율'처럼 ㄴ 받침으로 끝나는 말이 앞에 올 때도 '율'을 씁니다. ㄴ을 제외한 받침으로 끝나는 말이 앞에 올 때는 '률'을 씁니다. '성장률', '증감률', '달성률'은 모두 앞에 ㄴ 받침이 아닌 다른 받침이 오죠. 그래서 '률'을 쓰는 것이

맞습니다.

> '확률', '비율', '백분율'을 기억하세요. '확률'은 앞에 받침(ㄴ 제외)이 오는 말, '비율'은 앞에 받침이 없는 말, '백분율'은 앞에 ㄴ 받침이 오는 말의 대표적인 예라고 기억하면 쉬울 거예요.

확인하기

· (취업률이 / 취업율이) 사상 최고치를 기록했다.
· (출산률을 / 출산율을) 올리기 위한 정책이 필요하다.
· 학생들의 학업 (성취률이 / 성취율이) 높아지고 있다.

취업률이 | 출산율을 | 성취율이

34 맞추다 - 맞히다

이 문장에서 뭐가 틀렸는지 맞춰 보세요

찾으셨나요? '맞춰 보세요'가 틀렸습니다. 정답을 찾으라고 할 때는 '맞춰 보세요'가 아니라 '맞혀 보세요'가 맞는 말입니다. '맞춰 보세요'는 '맞추다'의 활용형이고 '맞혀 보세요'는 '맞히다'의 활용형입니다. '맞히다'는 문제에 대한 답이 틀리지 않았다고 할 때 씁니다. 그래서 '정답을 맞히다'처럼 쓰죠. 그리고 '골대를 맞히다', '주사를 맞히다'처럼 '맞게 하다'라는 의미를 가진 경우에도 '맞히다'를 씁니다. '맞추다'는 어떤 기준에 따라 어긋나지 않게 한다는 의미를 갖고 있습니다. 그래서 '옷을 맞추다', '초점을 맞추다'처럼 쓰죠.

❓ '정답을 맞추다'는 틀린 말인가요?

'정답을 맞추다'라는 말도 있습니다. '시험지를 정답과 맞추어 보다'나 '친구와 정답을 맞춰 보다'처럼 두 대상을 비교해서 볼 때는 '맞추다'를 쓸 수 있습니다.

💡 정장을 몸에 맞게 직접 제작하는 것을 '맞힘 정장'이라고 하지 않고 '맞춤 정장'이라고 합니다. '맞춤 정장'을 생각하면서 '맞추다'의 뜻을 기억하세요.

확인하기

- 제 MBTI가 뭔지 (맞춰 / 맞혀) 보세요.
- 화살을 과녁에 정확하게 (맞췄다 / 맞혔다).
- 노래에 (맞춰서 / 맞혀서) 춤을 추세요.

맞혀 | 맞혔다 | 맞춰서

35

매다 - 메다

스카프를 예쁘게 메셨네요

'목에 스카프를 예쁘게 둘렀다'라는 의미일까요? 아닙니다. 스카프를 '예쁘게 (지게처럼) 어깨에 지고 있다'라는 의미입니다. 스카프를 예쁘게 둘렀다고 말하려면 '매셨네요'라고 하는 것이 맞습니다. '매다'의 기본적인 뜻은 '스카프를 매다'처럼 "끈이나 줄 따위의 두 끝을 엇걸고 잡아당기어 풀어지지 아니하게 마디를 만들다"입니다. 또한 무언가에 집착한다는 의미로 '목을 매다'라는 말을 쓰기도 하죠. 참고로 등수나 값을 정할 때 쓰는 '매기다'도 '매'를 씁니다. '메다'는 주로 무언가를 어깨에 걸치거나 올려놓을 때 쓰는 말입니다. '가방을 메다', '멍에를 메다'처럼요. 감정이 북받쳐 목소리가 잘 나오지 않을 때도 '목이 메다'라고 합니다.

💡 '매다'와 '메다'의 ㅐ와 ㅔ 모양을 생각해 보세요. '매다'의 ㅐ는 마치 ㅣ 2개를 —가 묶어 주고 있는 것 같이 생겼습니다. '메다'의 ㅔ는 무언가에 얹혀 있는 모양이고요.

확인하기

· 넥타이를 (매다 / 메다).
· 왜 그렇게 승리에 목을 (매니 / 메니)?
· 산소통을 (매고 / 메고) 바닷속으로 들어갔다.

매다 | 매니 | 메고

36

며칠 - 몇 일

몇 년 / 몇 월 / 몇 일 / 몇 시 / 몇 분

틀린 말은 무엇일까요? '몇 일'은 표준어가 아니기 때문에 '며칠'로 쓰는 것이 맞습니다. '몇 년/월/시/분'은 관형사 '몇' 다음에 '년/월/시/분'이라는 의존 명사가 온 두 단어 구성이지만 '며칠'은 한 단어이기 때문입니다. 즉, '몇 년/월/시/분'은 '몇'과 '년/월/시/분'이 각각 떨어져 있는 독립적인 구조라서 '년' 자리에 '월'도, '시'도, '분'도 올 수 있습니다. 하지만 '며칠'은 한 단어이므로 '몇+일'로 쪼갤 수도, 다른 말로 바꿀 수도 없습니다.

'몇 년', '몇 월', '몇 시', '몇 분'은 두 단어이고 '며칠'은 한 단어라고 구분할 수 있는 기준이 있나요?

기준은 발음입니다. '몇 년/월/시/분'의 발음은 각각 [면년], [(면월)→며둴], [면씨], [면뿐]입니다. '몇'의 ㅊ 발음이 사라지고 모두 [면]이나 [면]으로 바뀌었습니다. 하지만 '며칠'은 [며칠]로 발음합니다. ㅊ 발음이 살아 있는 것이죠. 만약 '몇 일'이 맞는다면 [면닐]이나 [(몇일)→며딜]로 발음돼야 합니다. 하지만 그렇게 발음하지 않으므로 '며칠'은 다른 말들과 달리 '몇+일' 구성이라고 확정하기 어렵기 때문에 '며칠'을 맞는 표기로 보고 있습니다.

확인하기

· 오늘이 (며칠이더라 / 몇 일이더라)?
· (며칠 / 몇 일) 동안 여행 좀 다녀올게.
· 네 생일이 (몇 월 며칠이지 / 몇 월 몇 일이지)?

며칠이더라 | 며칠 | 몇 월 며칠이지

무난하다 - 문안하다

내 생각에는 노란색이 문안한 것 같아

노란색이 좋아 보인다는 의미일까요? 아닙니다. '문안하다'는 '묻다 문問', '편안하다 안安'을 써서 '편안한지를 묻다', 즉 인사를 한다는 의미입니다. '병문안'도 마찬가지고요. 만약 나쁘지 않다는 의미로 말하고 싶다면 '무난한 것 같아'라고 쓰는 것이 맞습니다. '무난하다'는 '없다 무無', '어렵다 난難'을 써서 어려움이 없다는 의미이기 때문이죠. 참고로 성격이 무던하거나 흠잡을 것이 없는 경우에도 '무난하다'를 씁니다.

‘무난’과 ‘문안’의 한자를 생각해 보세요. 두 단어 모두 한자어이므로 헷갈릴 때는 한자 뜻을 생각하면 쉽게 구별할 수 있습니다.

확인하기

- 시험을 (무난하게 / 문안하게) 통과하다.
- (무난 / 문안) 인사를 드리다.
- 오늘 하루도 (무난하게 / 문안하게) 지나갔다.

무난하게 | 문안 | 무난하게

38 바라다 - 바래다

앞으로도 건강하고 행복하길 바래

'행복하길 바라(요)'는 어감이 어색한가요? 사람들이 흔히 틀리는 대표적인 맞춤법 중 하나입니다. 위 문장에서는 '바래'가 아니라 '바라'를 쓰는 것이 맞습니다. '바라'는 '바라다'에서 온 말인데요. '바라다'는 어떤 일이 원하는 대로 되기를 소망한다는 의미입니다. 그래시 '행복하길 바라'라고 쓰는 것이 맞습니다. '바래'는 '바래다'에서 온 말로, 색이 변했을 때 씁니다. '색이 바랬다', '옷이 누렇게 바랬다'처럼 쓰죠. 참고로 낡거나 오래되다는 의미의 '빛바래다'라는 말도 있습니다.

? '나의 바램', '우리의 바램'이라고 쓸 때도 '바램'이 아니라 '바람'인가요?

'나의 바람', '우리의 바람'이라고 쓰는 것이 맞습니다.

확인하기

· 그토록 (바라 / 바래) 왔던 시간이야.

· (빛바란 / 빛바랜) 사진 속의 우리들.

· 너의 모든 (바람들이 / 바램들이) 이뤄지길 소망해.

바라 | 빛바랜 | 바람들이

39 반드시 - 반듯이

이번 프로젝트는 반듯이 성공해야 해

회사의 사활이 걸린 프로젝트, '반듯이' 성공해야 하는 게 맞을까요? "틀림없이 꼭"이라는 뜻을 전하고 싶다면 '반듯이'가 아니라 '반드시'를 쓰는 것이 맞습니다. '반듯이'는 '반듯하게'의 의미로 '반듯하다'의 뜻이 살아 있습니다. 즉, 물체, 생각, 행동이 바른 상태를 '반듯이'라고 합니다.

비슷한 예로 '지그시'와 '지긋이'가 있는데요. '지그시'는 '눈을 지그시 감다', '아픔을 지그시 참다'처럼 슬며시 힘을 주는 모양이나 조용히 참는 모양을 나타냅니다. '지긋이'는 '지긋하게'의 의미로 '나이가 지긋이 드신 어른'이나 '지긋이 앉아서 기다리다'처럼 나이가 많은 모습이나 참을성 있는 모습을 나타낼 때 씁니다.

확인하기

- (반드시 / 반듯이) 약속 시간을 지켜 주세요.
- 두부를 보기 좋게 (반드시 / 반듯이) 자르다.
- 땅을 (지그시 / 지긋이) 밟았다.

반드시 | 반듯이 | 지그시

40 벌리다 - 벌이다

일을 (벌려 / 벌여) 놓고 그냥 가면 어떡해

뒷수습을 안 하고 가버린 친구에게 화가 단단히 났나 봅니다. 그런데 일은 '벌리'는 걸까요, '벌이'는 걸까요? 정답은 '벌이'는 것입니다. 따라서 '벌이다'의 활용형인 '벌여'를 써서 '벌여 놓고'라고 써야 합니다. '벌이다'는 "일을 계획하여 시작하거나 펼쳐 놓다"라는 뜻입니나. '일을 벌이다', '사업을 벌이다', '축제를 벌이다'처럼요. 그리고 '물건을 여기저기 벌여 놓다'처럼 여러 가지 물건을 늘어놓을 때도 '벌이다'를 씁니다. '벌리다'는 벌어지게 한다는 의미입니다. '격차를 벌리다', '팔을 벌리다'처럼 쓰죠.

💡 '벌이다'와 '버리다'가 헷갈리나요? '버리다'는 '쓰레기를 버리다'처럼 내던지거나 없어지게 한다는 의미입니다.

확인하기

· 우승 기념으로 파티를 (벌리자 / 벌이자).

· 그들은 이것저것 (벌려 / 벌여) 두고 장사를 시작했다.

· 입을 아 (벌리세요 / 벌이세요).

벌이자 | 벌여 | 벌리세요

41 뵀다 - 뵈다

모던걸 : 진짜 오랜만에 [뵙네요 / 뵈네요].

모던보이 : 그러게요. [봬 / 뵌] 지 한 5년은 된 것 같은데요?

모던걸 : 이렇게 [봬니까 / 뵈니까] 너무 반가워요.

모던보이 : 저도요. 그러면 다음에 또 [봬요 / 뵈요].

모던걸 : 네, 또 [뵐게요 / 뵐게요].

위 대화문에서 '뵈'가 아니라 '봬'를 써야 하는 한 군데는 어디일까요? 정답은 네 번째 줄의 '봬요'입니다. 나머지는 모두 '뵈'를 쓰는 것이 맞습니다. 104쪽에서 '돼=되어'라고 했는데요. **'봬' 역시 '뵈어'의 줄임말입니다.** 그래서 '뵈어'를 넣어서 말이 되면 '봬'를 쓰면 됩니다. 위 문장들에 각각 '뵈어'를 대입해 보면 '뵈업네요', '뵈언', '뵈어니까', '뵈얼게요' 모두 이상하고 '뵈어요'만 자연스럽네요.

🖋 '뇌어'를 넣어서 말이 되면 '봬'를, 말이 안 되면 '뇌'를 쓰세요.

확인하기

· 내일 (봬요 / 뇌요).

· 저는 부모님 좀 (뵙고 / 뵙고) 갈게요.

· 교수님 (봬러 / 뵈러) 왔는데요.

봬요 | 뵙고 | 뵈러

42 부수다 - 부시다

모던걸은 화가 나서 그릇을 부셔 버렸다

모던걸은 화를 참지 못하고 그릇을 던져 깨뜨린 걸까요? 저는 반대로 모던걸이 굉장히 평화롭게 화를 냈다고 생각합니다. 왜냐하면 '그릇을 부셔 버렸다'라고 하면 그릇을 깨끗이 씻었다는 의미이기 때문입니다. '부셔', 즉 '부시어'의 기본형 '부시다'는 그릇이나 솥을 깨끗하게 닦는다는 말입니다. 또한 '눈이 부시다'처럼 빛이 강한 상태를 표현할 때도 쓰죠. 만약 무언가를 깨거나 조각을 내서 망가지게 한다고 쓰고 싶을 때는 '부수다'를 쓰는 것이 맞습니다. 그래서 그릇을 망가뜨렸다고 말하고 싶다면 '그릇을 부수어 버리다' 또는 줄임말인 '그릇을 부숴 버리다'라고 써야 합니다.

❓ 창문이 깨져서 망가졌을 때는 '창문이 부수어졌다(부숴졌다)'라고 쓰면 되나요?

이때는 '부서졌다'라고 써야 합니다. '부수다'에 '어지다'가 붙어서 '부수어지다'라고 써야 할 것 같지만 옛날부터 '부서지다'라고 사용하던 말이 굳어져 지금도 '부서지다'만 표준어로 인정합니다. 그래서 '창문이 부서지다', '부서진 창문'이라고 써야 합니다. 참고로 '햇살이 부서지다'도 '부숴지다'가 아니라 '부서지다'가 맞습니다.

확인하기

· 그들은 성문을 (부수고 / 부시고) 침략했다.
· 돌이 산산조각으로 (부서졌다 / 부셔졌다).
· 눈이 (부수게 / 부시게) 아름다운 바다.

부수고 | 부서졌다 | 부시게

43 부치다 - 붙이다

편지를 (부치기 / 붙이기) 위해
편지 봉투에 우표를 (부쳤다 / 붙였다)

위 문장에서 각각 어떤 말을 쓰는 것이 맞을까요? 정답은 '부치기', '붙였다'입니다. '부치다'와 '붙이다'는 둘 다 [부치다]라고 발음하기 때문에 헷갈릴 수 있는데요. 하지만 둘은 다른 뜻을 가진 다른 단어입니다.

'부치다'는 주로 편지나 물건을 다른 사람에게 보낼 때 쓰는 말입니다. 그래서 '편지를 부치다', '택배를 부치다'처럼 쓰죠. 모자란다는 의미도 있어서 '힘에 부친다'처럼 쓰기도 합니다. '붙이다'는 주로 무언가가 떨어지지 않게 할 때 쓰는 말입니다. '우표를 붙이다'는 우표가 편지 봉투에서 떨어지지 않게 한다는 의미이므로 '붙이다'를 쓰는 것이 맞습니다. 또한 '붙이다'는 '불을 붙이다', '이 땅에 발을 붙이고 살아간다'처럼 쓰기도 합니다.

'부치다'와 '붙이다'가 헷갈리면 '붙다'를 생각하세요. '붙이다'는 '붙다'에서 온 말로, 붙게 한다는 의미를 갖고 있습니다. 그래서 '붙다'의 뜻을 갖고 있는 말이라면 '붙이다'를 쓰는 것이 맞습니다.

확인하기

· 오늘 용돈을 (부쳤으니까 / 붙였으니까) 확인해 봐.
· 게시판에 이 포스터 좀 (부쳐 / 붙여) 줘.
· 비행기 타기 전에 짐 (부치는 / 붙이는) 거 잊지 마.

부쳤으니까 | 붙여 | 부치는

44 빌려 - 빌어

이 자리를 빌어 감사하다는 말씀을 드립니다

연말 시상식 수상 소감의 단골 멘트입니다. 그런데 '이 자리를 빌어'는 틀린 표현이라는 사실, 알고 있었나요? '빌려'와 '빌어'는 언뜻 비슷해 보이지만 서로 다른 뜻을 가진 다른 말입니다. '빌어'는 '빌다'에서 온 말입니다. '소원을 빌다', '용서를 빌다'처럼 원하는 대로 이루어지길 바라거나 용서를 구할 때 쓰는 말이죠. '이 자리를 빌어'에서는 기회를 이용한다는 의미의 '빌리다'의 활용형인 '빌려'를 쓰는 것이 맞습니다. 이때의 '빌리다'는 '돈을 빌리다', '취기를 빌려 고백하다'와 같은 거라고 생각하면 기억하기 쉬울 거예요. 여러분이 수상 소감을 말하게 되는 날이 오면 꼭 '이 자리를 빌려'라고 해 주세요.

· 조명의 힘을 (빌려 / 빌어) 찍은 사진이야.

· 찌아찌아족은 한글을 (빌려 / 빌어) 문자를 표기한다.

· 두 손을 모아 간절히 (빌렸다 / 빌었다).

빌려 | 빌려 | 빌었다

45 설거지 - 설겆이

밥은 내가 할게. 설겆이는 누가 할래?

밥을 먹었으면 사용한 그릇을 씻어야겠죠? 그런데 '설겆이'는 비표준어이고 '설거지'가 표준어입니다. 마찬가지로 '설겆이하다'가 아니라 '설거지하다'가 표준어입니다.

'설겆이'가 맞는 말이라고 생각했다면 '설겆+이' 구성으로 생각했나요? 하지만 현대에는 '설겆다'라는 말을 쓰지 않기 때문에 '설거지'는 '설겆이'에서 파생된 것으로 보지 않습니다. 그래서 '설거지'가 맞습니다.

확인하기

- 부엌에서 (설거지를 / 설겆이를) 하고 있었다.
- (설거지할 / 설겆이할) 게 많이 남았니?
- 신나게 놀고 나면 항상 (뒷설거지가 / 뒷설겆이가) 문제야.

설거지를 | 설거지할 | 뒷설거지가

설레다 - 설레이다

두근두근 설레는 마음

1년 동안 모은 돈으로 드디어 내일이 유럽으로 여행을 떠나는 날입니다. 마음이 설레나요, 설레이나요? 부디 마음이 '설레'길 바랍니다. '설레이다'는 표준어가 아닙니다. **두근거리는 마음을 표현하는 말은 '설레다'입니다.** '설레이다'에서 '이'는 빠지는 게 맞아요.

마찬가지로 '길을 헤매이다', '날씨가 개이다', '목메이어(목메여) 울다'도 '이'를 빼고 '길을 헤매다', '날씨가 개다', '목메어 울다'라고 써야 합니다.

? '설레임'이라고 쓰는 건 맞나요?

'설렘'이라고 쓰는 게 맞습니다. '설레다'의 '설레'에 명사를 만들어 주는 어미 ㅁ을 붙이면 '설렘'이 됩니다. '설레임'은 '설레이다'의 '설레이'에 ㅁ이 붙은 모양인데요. '설레이다'가 틀린 말이니 '설레임'도 틀린 말입니다. '설렘'은 맞는 말, '설레임'은 아이스크림입니다.

확인하기

· 소풍 갈 생각에 마음이 (설레다 / 설레이다).
· (설레는 / 설레이는) 마음으로 조심스레 문을 열었다.
· 안개 속을 (헤매는 / 헤매이는) 기분이야.

설레다 | 설레는 | 헤매는

47 실증 - 싫증

이 책은 몇 번을 읽어도 (실증이 / 싫증이) 안 나

본 책을 여러 번 읽은 분은 이미 맞춤법 장인이 돼 있을 거라고 확신합니다. 그렇다면 '실증'이 맞을까요, '싫증'이 맞을까요? **싫은 생각이나 느낌을 말할 때는 '싫증'이 맞습니다.** '싫증'은 '싫다'의 '싫'과 병의 증세를 나타내는 '증症'이 합쳐진 말입니다. 싫다는 의미가 살아 있으니 '싫'로 쓰는 것이 맞습니다. 왠지 ㅎ이 들어간 모양이 어색하게 느껴지나요? '실증'은 "확실한 증거" 또는 "실제로 증명함"이라는 뜻의 다른 단어입니다. '실증'은 '실증적 분석', '실증주의'처럼 씁니다. '싫증'을 써야 하는 말에 '실증'을 쓰면 의미가 어색해지므로 '실증'과 '싫증'은 꼭 구별해 주세요.

❓ '실증'과 '싫증'은 발음이 다른가요?

둘 다 발음은 [실쯩]입니다. '싫증'이라고 하면 ㅎ을 발음해야 할 것 같

지만 그냥 [실쯩]이라고 발음하면 됩니다.

확인하기

· 왜 그렇게 빨리 (실증을 / 싫증을) 내는 거야!

· 반복되는 일상에 (실증을 / 싫증을) 느끼다.

· (실증이 / 싫증이) 불가능한 사실은 과학적으로 인정될 수 없다.

싫증을 | 싫증을 | 실증이

48 십시오 - 십시요

새해 복 많이 (받으십시오 / 받으십시요)

새해 인사를 보낼 때 고민해 본 적 없나요? 존댓말이니까 '요'를 붙여서 '십시요'라고 써야 할 것 같나요? **정답은 '새해 복 많이 받으십시오'입니다.** 그 이유는 문장을 끝낼 수 있는 말에 '십시오'는 있어도 '십시요'라는 말은 없기 때문입니다.

우리말은 존댓말이 발달했습니다. 새해 복 많이 받으라는 말도 존대의 정도에 따라 '새해 복 많이 받아라/받게/받으오/받으십시오/받아요/받아'처럼 6개의 단계로 표현할 수 있습니다. 이것을 각각 해라체, 하게체, 하오체, 하십시오체, 해요체, 해체라고 합니다. 이 중에서 '새해 복 많이 받으십시오'는 하십시오체인데요. **하십시오체는 하십시요체가 아니므로 '받으십시오'라고 쓰는 것이 맞습니다.**

❓ '새해 복 많이 받으세요'는 '요'를 쓰는데, 왜 '십시오'는 '오'를 쓰나요?

'받으세요'는 해요체입니다. 해요체는 '요'로 끝나는 게 맞아요. 하지만 '받으십시오'는 하십시오체이기 때문에 '오'로 끝나는 것이 맞습니다.

확인하기

· 어서 (오십시오 / 오십시요).

· 여기서 (기다리십시오 / 기다리십시요).

· 모두 (들어오십시오 / 들어오십시요).

오십시오 | 기다리십시오 | 들어오십시오

49 아니오 - 아니요

당신은 범행을 인정하십니까? 예, 아니오로 대답하세요

영화나 드라마에서 많이 들어 본 대사죠. 용의자를 추궁하거나 궁지에 몰아세우면서 확실한 대답을 원할 때 저 말을 하곤 하는데요. 제가 만약 저 상황이라면 대답을 못 할 것 같습니다. 왜냐하면 '예'의 반대말은 '아니오'가 아니라 '아니요'거든요. '예, 아니오로 대답하세요'가 아니라 '예, 아니요로 대답하세요'가 맞습니다. 정확하게 말하면 '아니요'는 감탄사입니다. 감탄사는 '아이고', '야', '예', '와' 등과 같이 말하는 사람의 감정이나 응답을 표현할 때 쓰는 말입니다. 앞뒤에 무슨 말이 오더라도 형태가 변하지 않는다는 특징이 있습니다. 그래서 '예' 또는 '아니요'라고 대답할 때는 '아니요'가 맞습니다. '예'와 '아니요'는 세트입니다.

❓ '아니오'는 언제 쓰나요?

'아니오'의 '오'는 144쪽에서 살펴봤던 하오체의 종결 어미입니다. '나는 한국인이오', '도망가시오'처럼 문장을 끝낼 때 씁니다. '아니다'라는 말을 하오체로 끝낸 것이 바로 '아니오'입니다. 그래서 '나는 범인이 아니오', '이것은 정답이 아니오'처럼 쓰죠.

확인하기

· 밥 먹었니? (아니오 / 아니요). 아직 안 먹었어요.

· 이리 (오시오 / 오시요).

· 그 물건은 내 것이 (아니오 / 아니요).

아니요 | 오시오 | 아니오

50   안 – 않

왜 안 돼? vs 왜 않 돼?

오늘따라 컴퓨터가 말썽이네요. 컴퓨터 전문가인 친구에게 이유를 물어볼게요. 어떻게 메시지를 보내는 게 맞을까요? 정답은 '왜 안 돼?' 입니다. '안'은 '아니', '않'은 '아니하'의 줄임말입니다. 생긴 것도 '안'은 '아니'에서 ㅣ만 없어진 모양이고 '않'은 '아니하'에서 ㅣ와 ㅏ가 빠진 모양이죠. 그래서 '아니'를 넣어서 말이 되면 '안'을, '아니하'를 넣어서 말이 되면 '않'을 쓰면 됩니다. '왜 아니 돼?', '왜 아니하 돼?' 중에서 앞의 말만 말이 되죠? '왜 안 돼'가 맞습니다.

? '안 돼'가 맞나요, '안돼'가 맞나요?

둘 다 맞습니다. 하지만 뜻이 달라요. '안 돼', 즉 '안 되다'는 '되다'를 부정하는 말이고 '안돼'의 기본형인 '안되다'는 주로 일, 현상, 물건 따위가 좋게 이루어지지 않을 때 쓰는 말입니다. 예를 들어 '공부가 안돼서 (안되어서) 쉬고 있다', '비가 안 와서 농사가 안되다'처럼 쓰죠.

💡 '않'은 주로 '지 않다'와 같이 씁니다. 그래서 앞에 '지'가 오면 '않'이 맞을 가능성이 큽니다. '글을 쓰지 않다', '밥을 먹지 않다'는 모두 '않' 앞에 '지'가 오므로 '않'을 쓰는 것이 맞습니다.

확인하기

- 나 아직 출발 (안 / 않) 했어.
- 밥 (안 / 않) 먹을 거야?
- 그는 이유도 묻지 (안고 / 않고) 떠났다.

안 | 안 | 않고

51

알맞는 - 알맞은

보기에서 알맞는 말을 고르세요

시험지에서 자주 본 문장이라 자연스럽게 느껴지나요? 이 문장은 틀린 문장입니다. '알맞는 말을 고르세요'가 아니라 '알맞은 말을 고르세요'가 맞춤법에 '알맞은' 말입니다.

'알맞은'의 기본형인 '알맞다'는 동사가 아니라 형용사예요. 형용사는 '알맞다', '같다', '좋다'처럼 속성이나 상태를 나타내는 말이고, 동사는 '먹다', '입다'처럼 동작을 나타내는 말입니다. 그런데 '은'은 동사와 형용사 상관없이 다 어울려서 쓰지만 '는'은 동사랑만 씁니다. 예를 들어 '은'은 '같은', '좋은'처럼 형용사와 써도 말이 되고 '먹은', '입은'처럼 동사와 써도 말이 됩니다. 하지만 '는'은 '먹는', '입는'처럼 동사와는 어울려 쓰지만 '같는', '좋는'처럼 형용사와 쓰면 말이 안 됩니다. '알맞다'도 형용사이니 '알맞은'만 가능하고 '알맞는'은 쓸 수 없는 것이죠.

? '네 말이 맞는 것 같아'처럼 '맞는'은 '는'을 쓸 수 있는데, 왜 '알맞는'은

안 되나요?

'맞다'와 '알맞다'는 다른 단어입니다. '네 말이 맞는 것 같아'의 '맞는'은

'맞다'의 활용형으로, '맞다'는 답이 틀리지 않다는 의미의 동사입니다.

그래서 '는'과 '은'을 모두 쓸 수 있죠. 하지만 '알맞다'는 형용사이므로

'알맞는'이라고 쓸 수 없습니다.

확인하기

· (알맞는 / 알맞은) 양의 물을 넣어 주세요.

· 때와 장소에 (알맞는 / 알맞은) 옷을 입어야 한다.

· 사과 재배에 (알맞는 / 알맞은) 온도입니다.

알맞은 | 알맞은 | 알맞은

52

어따 대고 - 얻다 대고

얻다 대고 반말이야?

모르는 사람끼리 싸움이 났을 때 한 번은 꼭 하는 말이죠. 틀린 부분을 찾았나요? '어따 대고'가 맞을까요? 아닙니다. 위 문장에는 틀린 말이 없습니다. '얻다 대고'가 맞는 말입니다. '얻다'는 '어디에다'의 줄임말입니다. 즉, '얻다 대고'는 '어디에다 대고'입니다. 발음은 [얻따 대고]라고 하더라도 원형을 밝혀서 '얻다 대고'로 쓰는 것이 맞습니다.

Q '돈을 어따 숨겼어?'도 '돈을 얻다 숨겼어?'라고 해야 하나요?

'어디에다 숨겼어?'라는 의미이므로 줄임말인 '돈을 얻다 숨겼어?'라고

써야 합니다.

확인하기

· (어따 대고 / 얻다 대고) 지적질을 하십니까?

· 우리 제품은 (어따 / 얻다) 내놓아도 부끄럽지 않습니다.

· 신혼집은 (어따 / 얻다) 구했어?

얻다 대고 | 얻다 | 얻다

53 어떡해 - 어떻게

(어떡해 / 어떻게) 가는지 모르겠어. 나 (어떡해 / 어떻게)?

아무래도 길을 잃은 것 같습니다. 친구에게 뭐라고 메시지를 보낼 건가요? 정답은 '어떻게 가는지 모르겠어. 나 어떡해?'입니다. '어떻게' 는 '어떠하다(어떻다)'의 부사형입니다. 그래서 '어떻게 지내?', '어떻게 쓰는 거야?'처럼 뒤에 오는 말을 꾸며 줍니다. '어떻게 가는지 모르겠어'도 '어떻게'가 '가는지'를 꾸미고 있으므로 '어떻게'가 맞습니다. 그리고 '어떡해'는 '어떻게 해'의 줄임말입니다. '나 어떡해?'는 '나 어떻게 해?'와 같은 말인 것이죠. 이때는 '어떻게'의 ㅎ은 과감하게 날리고 '나 어떡해?'라고 쓰는 것이 맞습니다.

? '어떡하지'가 맞나요, '어떻하지'가 맞나요?

'어떡하지'가 맞습니다. '어떻게 해'의 줄임말이 '어떡해'였죠? 이처럼 '어떡'은 '어떻게'의 줄임말이라고 보면 됩니다. 그래서 '어떻게 하지'를 줄일 때는 '어떡하지'라고 쓰는 것이 맞습니다. 참고로 '어떻게 하라고' 도 '어떡하라고'처럼 쓸 수 있습니다.

확인하기

· 네가 나한테 (어떡해 / 어떻게) 이럴 수 있어?

· (어떡하면 / 어떻하면) 나에게 돌아올 수 있겠니?

· 오늘도 안 오면 (어떡해요 / 어떻해요)?

어떻게 | 어떡하면 | 어떡해요

어차피 해야 할 일이라면 지금 당장 시작하자

"이렇게 하든지 저렇게 하든지"라는 뜻의 말은 '어짜피'가 아니라 '어차피'입니다. '어차피於此彼'는 한자어입니다. 여러분이 '어짜피'라고 생각하는 이유는 '어쩌다', '어쨌든'이라는 말 때문에 헷갈리는 것이 아닐까 합니다. 하지만 '어쩌다'는 '이찌하다'의 줄임말이고 '어쨌든'은 '어찌하였든'의 줄임말입니다. '어차피'와는 상관이 없는 말이죠.

'어차피'는 한자어인데 '짜'라는 음을 가진 한자어는 없습니다. 그래서 '어짜피'가 아니라 '어차피'가 맞는 말이라고 기억하면 쉬울 거예요.

확인하기

· (어짜피 / 어차피) 잊어야 한다면 잊을게.

· 그냥 둬. (어짜피 / 어차피) 내가 다시 해야 해.

· (어짜피 / 어차피) 안 먹을 거잖아.

어차피 | 어차피 | 어차피

55 었다 - 였다

선생님께 인사를 (하었다 / 하였다)
오늘도 즐거운 (시간이었다 / 시간이였다)

한국인이라면 첫 번째 문장에서 '하었다'를 고르는 사람은 없을 것입니다. '하였다'가 맞습니다. 두 번째 문장은 어떤가요? 이건 좀 헷갈리죠. '시간이었다'만 맞습니다. '었'과 '였'은 둘 다 이미 일어난 일에 대해서 말할 때 쓰는 어미라는 공통점이 있습니다. 하지만 **원래는 '었'**을 쓰는 것이 기본이지만 '었'이 '였'으로 바뀌는 경우가 있습니다. 바로 '하다'와 어울려 쓸 때인데요. '공부를 하였다', '노래를 하였다'의 '하였다'를 '하었다'로 쓰면 어색합니다. 마찬가지로 '인사를 하였다'가 맞습니다. 하지만 두 번째 문장 '즐거운 시간이었다'에는 '하다'가 없습니다. 그래서 '였'이 아니라 '었'을 쓰는 것이 맞습니다.

❓ '하다'가 있어야 '였'을 쓴다고 했는데 '나무였다', '친구였다'의 '였'은 무엇인가요?

이때의 '였'은 '이었'의 줄임말입니다. 모음으로 끝나는 말 다음에 나오는 '이었'은 흔히 '였'으로 줄여서 씁니다. '나무'와 '친구' 모두 모음으로 끝나므로 '나무이었다', '친구이었다'를 '나무였다', '친구였다'로 줄여 쓸 수 있습니다.

확인하기

· 그녀의 성공 비결은 끊임없는 (노력이었다 / 노력이였다).

· 내가 그를 만난 건 금요일 (밤이었다 / 밤이였다).

· 그녀는 정말 멋진 (가수었다 / 가수였다).

노력이었다 | 밤이었다 | 가수였다

[맞춤법에 / 맞춤법의] 모든 것

맞춤법과 관련된 모든 것이라고 말하려면 둘 중에 어느 것이 맞을까요? 정답은 '맞춤법의 모든 것'입니다. 발음은 [맏춤뻐븨 모든 걷], [맏춤뻐베 모든 걷]처럼 [의]와 [에] 어느 것으로 하든 상관없지만 글로 쓸 때는 '의'로 쓰는 것이 맞습니다.

'의'는 앞말을 관형어로 만드는 역할을 합니다. 그래서 '나의 집', '나의 소망'처럼 뒤에 있는 체언(명사, 대명사, 수사)을 꾸며 줄 때 주로 쓰죠. '맞춤법의 모든 것'도 '맞춤법'이 뒤에 있는 '(모든) 것'이라는 체언을 수식하기 때문에 '의'를 쓰는 것이 맞습니다. '에'는 앞말을 부사어로 만드는 역할을 합니다. 그래서 '몸에 좋은 보약이다', '먼지가 옷에 묻다'처럼 뒤에 있는 용언(동사, 형용사)을 꾸며 줄 때 주로 쓰죠. '맞춤법의 모든 것'을 '에'를 써서 표현하려면 '맞춤법에 대한 모든 것'이라고 할 수 있습니다. '에'가 (모든) 것'을 꾸미는 것이 아니라 '대하다'라는 동사를 꾸미기 때문입니다.

❓ '옥의 티'가 맞나요, '옥에 티'가 맞나요?

'옥에 티'가 맞습니다. '티'가 명사라서 '의'를 써야 할 것 같지만 '옥에 티'는 예외적으로 '에'를 씁니다. 참고로 '별의별'도 '별에별'이 아니라 '별의별'이 맞습니다.

확인하기

· (한국어에 / 한국어의) (맞춤법에 / 맞춤법의) 대한 책이야.

· 밝게 빛날 (우리에 / 우리의) 미래를 위해 노력하자.

· 이 (책에 / 책의) 있는 내용을 읽으면 안 틀릴 수 있어.

한국어의 | 맞춤법에 | 우리의 | 책에

이 우산은 누구 거예요?

　위 문장에서 어색한 곳을 찾았나요? '거예요'가 아니라 '거에요'라고 쓰는 게 맞을까요? 위 문장에는 틀린 맞춤법이 없습니다. '거예요'는 맞는 말입니다. '예요'는 '이다'나 '아니다' 뒤에 붙어서 '이에요', '아니에요'처럼 쓰며 설명이나 의무의 의미를 나타냅니다. 이때 **'이에요' 앞에 받침이 없는 말이 오면 '예요'로 줄여 쓸 수 있습니다.** 그래서 '거'에는 받침이 없으므로 뒤에는 '예요'가 오는 것이 맞습니다. 예를 들어 '이게 뭐예요?', '이것은 나무예요', '여기가 최저가예요'는 다 '예요'를 쓰는 것이 맞는데요. '예요' 앞에 있는 '뭐', '나무', '최저가'가 모두 받침이 없이 끝나기 때문입니다. **받침이 있는 말로 끝난다면 '예요'가 아니라 '이에요'를 붙입니다.** '이거 당신 책이에요?', '이게 무엇이에요?'처럼요. 참고로 '이에요'는 '이예요'로 쓰지 않습니다.

? '이예요'로 쓰지 않는다면 '호랑이예요'도 '호랑이에요'라고 써야 하나요?
　'호랑이'가 모음으로 끝나기 때문에 '예요'라고 쓰는 것이 맞습니다. '호랑+이예요'가 아니라 '호랑이+예요'이기 때문이죠. '호랑이'가 우연히 '이'라는 모음으로 끝나서 '이예요'로 보이는 것뿐입니다.

❓ '아니에요'가 맞나요, '아니예요'가 맞나요?

'아니에요'가 맞습니다. '에요'는 '이다'나 '아니다' 뒤에 직접 붙어서 '이에요', '아니에요'처럼 쓰기 때문이죠. '아니예요'라는 말은 없습니다. 대신 '아니에요'의 줄임말인 '아녜요'를 쓰는 것은 가능합니다.

💡 '에요'와 '예요'가 헷갈릴 때는 '입니다'로 바꿔 쓰는 것도 방법입니다. '저는 모던걸이에요 → 저는 모던걸입니다', '여기가 최저가예요 → 여기가 최저가입니다'처럼요.

확인하기

· 지금 가는 (중이에요 / 중이예요).

· 건강이 (최고에요 / 최고예요).

· 제가 한 거 (아니에요 / 아니예요).

중이에요 | 최고예요 | 아니에요

역할 - 역활

모던걸은 우리 회사에서 중요한 역활을 맡고 있습니다

누군가 상대에게 본인을 이렇게 소개해 주면 괜히 어깨가 으쓱하겠어요. 그런데 맞춤법에 맞게 소개해 줬으면 더 좋았을 것 같습니다. 직책이나 임무를 의미하는 말은 '역활'이 아니라 '역할'입니다. '역활'이라는 말은 없습니다. 연극이나 영화에서 배우가 맡는 역할을 말할 때도 '역할'이라고 쓰는 것이 맞습니다. '김 배우는 새 영화에서 조선 시대 왕 역할을 맡았다'처럼요.

확인하기

- 그의 증언은 수사 진척에 결정적 (역할을 / 역활을) 했다.
- 이번 영화에서의 (역할도 / 역활도) 기대가 됩니다.
- 우리 각자의 (역할에 / 역활에) 집중하자!

역할을 | 역할도 | 역할에

어제 연애 대상 봤어?

연말 시상식을 봤냐는 의미일까요? 누가 저에게 이렇게 물으면 저는 '사귀는 사람을 봤냐는 말인가?'라고 생각할 것 같아요. 왜냐하면 연말에 하는 시상식은 '연애 대상'이 아니라 '연예 대상'이기 때문입니다. '연애戀愛'는 서로 좋아하여 사귀는 것을 말합니다. 그래서 '연애 내상'이라고 하면 주로 연애를 하는 상대편, 즉 대상對象을 가리킵니다. 대중을 대상으로 음악, 연기 등의 예술을 하는 것은 '연예演藝'라고 합니다. 그러므로 대중 예술에 대한 시상식을 말하는 것이라면 '연예 대상'이라고 쓰는 것이 맞습니다.

❓ '연애인'이 맞나요, '연예인'이 맞나요?

대중 예술을 하는 사람을 말한다면 '연예인'이 맞습니다. '연애인'은 굳

이 해석하자면 '연애를 하는 사람'이라는 의미이지만 잘 안 쓰는 말이죠.

확인하기

· 너 요즘 (연애해 / 연예해)?

· 대형 (연애 / 연예) 기획사와 함께 신사업을 시작했다.

· 그 가수는 (연애 / 연예) 활동을 재개하기로 했다.

연애해 | 연예 | 연예

60 오랜만 - 오랫만

(오랜만에 / 오랫만에) 떠나는 여행이라 설레네

'긴 시간이 지난 뒤'라는 의미의 말을 하고 싶을 때는 '오랜만에'가 맞는 말입니다. '오랜만'은 '오래간만'의 줄임말입니다. '오래간만'에서 '가'가 빠지면 '오랜만'이 되죠. 여기에는 ㅅ의 흔적이 전혀 없습니다. 그래서 '오랫만'이 아니라 '오랜만'이라고 쓰는 것이 맞습니다.

❓ '오랜동안'이 맞나요, '오랫동안'이 맞나요?

'오랫동안'은 '오래+동안'이 합쳐진 말로, 발음은 [오래똥안]입니다. [동]이 [똥]으로 바뀌죠. 이 소리를 표기하기 위해 사이시옷을 넣은 것이 '오랫동안'입니다. 즉, '오래+ㅅ+동안'의 구조이므로 '오랫동안'으로 쓰는 것이 맞습니다.

확인하기

· (오랜만에 / 오랫만에) 보는 맑은 하늘이네.
· 정말 (오랜만에 / 오랫만에) 뵙네요.
· (오랜동안 / 오랫동안) 사귀었던 정든 내 친구여.

오랜만에 | 오랜만에 | 오랫동안

(왠만하면 / 웬만하면) 같이 갈 텐데

오늘은 (왠지 / 웬지) 쉬고 싶네

쉴 때 쉬더라도 각각 어느 말이 맞는지 생각해 볼까요? 정답은 '웬만하면'과 '왠지'입니다. '왠'과 '웬'은 발음도 생긴 것도 비슷해서 헷갈릴 때가 많죠. 하지만 알고 보면 간단합니다. '왠지'라고 할 때만 '왠'을 쓰면 됩니다. '왠지'는 "왜 그런지 모르게"라는 뜻의 '왜인지'의 줄임말이기 때문인데요. 생긴 것도 '왠' 안에 '왜'가 들어가 있습니다. '왠지'를 '왜인지'로 바꿨을 때 말이 되면 '왠'을 쓰면 됩니다. '웬'은 보통 수준이라는 의미의 '웬만하다'의 '웬'입니다. '웬만한 사람들은 다 안다', '웬만하면 쉬자', '웬만해선 안 되지'처럼 씁니다.

❓ '웬'을 쓰는 경우가 또 있나요?

'웬'은 '이게 웬 떡이냐'라고 할 때처럼 "어찌 된"이라는 뜻의 관형사이기도 합니다. 그리고 '웬걸', '웬만큼', '웬일' 등과 같은 말에도 '웬'을 씁니다.

확인하기

· 오늘은 (왠지 / 웬지) 좋은 예감이 든다.

· (왠만해선 / 웬만해선) 그들을 막을 수 없다.

· (왠 / 웬) 걱정이 이렇게 많아.

왠지 | 웬만해선 | 웬

윗집에 오늘 이사 왔더라. 이따 인사하러 윗층에 한번 가 볼래?

위 문장에는 '윗집'과 '윗층', '윗'이 들어가는 말이 2개가 있는데요. 둘 중 하나는 틀린 맞춤법입니다. 뭐가 맞고, 뭐가 틀렸을까요? 정답은 '윗집'은 맞고 '윗층'은 틀렸습니다. '윗층'이 아니라 '위층'이 맞습니다. 합성어를 만들 때 '위'의 의미를 더해 주는 말은 '윗'입니다. 그래서 '윗집', '윗도리', '윗입술'처럼 쓰죠. 그런데 '윗' 뒤에 거센소리나 된소리가 오면 '위'를 씁니다. 여기서 거센소리는 ㅊ, ㅋ, ㅌ, ㅍ이고 된소리는 ㄲ, ㄸ, ㅃ, ㅆ, ㅉ을 말합니다. 그래서 '위층', '위쪽'처럼 쓰죠.

위와 반대되는 아래의 개념이 없는 경우에는 '웃'을 씁니다. '웃돈', '웃어른'이라는 말은 있지만 '아랫돈', '아랫어른'이라는 말은 없으므로 '웃'만 쓰는 것이 맞습니다.

❓ '윗옷'이 맞나요, '웃옷'이 맞나요?

둘 다 맞는 말입니다. 다만 뜻이 다른데요. '윗옷'은 하반신에 입는 옷인 '아래옷'의 반대말로, 상반신에 입는 옷을 말합니다. 그리고 '웃옷'은 가장 겉에 입는 옷을 말합니다.

확인하기

· (위물이 / 윗물이) 맑아야 아랫물이 맑다.

· 갑자기 (위팔이 / 윗팔이) 아팠다.

· (위니와 / 윗니와) 아랫니를 깨끗이 닦다.

윗물이 ┃ 위팔이 ┃ 윗니와

63 이따가 - 있다가

(이따가 / 있다가) 잠깐 시간 돼?

친구에게 잠시 뒤에 보자는 메시지를 보내려면 뭐라고 보내는 게 맞을까요? 정답은 '이따가'입니다. '이따가'와 '있다가'는 발음이 비슷해서 헷갈리지만 뜻과 쓰임이 모두 다릅니다. 위 문장처럼 '조금 지난 뒤에'라는 의미로 말하려면 '이따가'를 쓰는 것이 맞습니다. '이따가'는 부사이기 때문에 '이따가 보자', '커피는 이따가 마시자'처럼 주로 뒤에 오는 말을 꾸며 줍니다. '있다가'는 동사 '있다'에 '다가'라는 연결 어미가 붙은 것으로, '어디에 머무르다가' 또는 '어떤 상태를 유지하다가'라는 의미를 가지고 있습니다. 예를 들어 '먹다'와 '살다'가 '먹다가', '살다가'가 되는 것처럼 '있다'가 '있다가'가 된 것이죠. 그래서 '거기에 이틀만 더 있다가 와', '얌전하게 있다가 와'처럼 씁니다.

'있다가'에는 '있'이 살아 있으므로 '있다'의 의미가 남아 있다고 기억하세요.

확인하기

· 여기에 며칠 더 (이따가 / 있다가) 갈게.

· (이따가 / 있다가) 얘기하자.

· 여기 (이따가 / 있다가) 어디로 갈 거야?

있다가 | 이따가 | 있다가

64 일부러 - 일부로

너 일부로 그러는 거 아니야?

안 해도 될 행동을 굳이 하는 것 아니냐고 물어보는 걸까요? 그렇다면 어떤 목적이나 마음을 갖고 굳이 하는 행동을 표현할 때 쓰는 부사 '일부러'가 맞습니다. '일부러 들르다', '일부러 모르는 척하다'처럼요. '일부로'는 '어떤 것의 한 부분으로서'라는 의미입니다. 명사 '일부'에 조사 '로'가 붙은 모양으로, '우리는 생태계의 일부로 살아가고 있다'처럼 쓰죠. 그래서 '너 일부로 그러는 거 아니야?'라고 하면 '너 무언가의 일부로서 그러는 거 아니야?'라는 의미가 됩니다.

비슷한 예로 '함부로'를 '함부러'로 잘못 쓰는 경우가 있는데요. "조심하거나 깊이 생각하지 아니하고 마음 내키는 대로 마구"라는 뜻일 때는 '함부로'를 씁니다.

? '나 밥 먹으러 가'라고 할 때도 '먹으로'라고 쓰면 안 되나요?

무언가를 하기 위해 가거나 올 때 쓰는 말은 어미 '러'입니다. '러'는 '사러 가다', '일하러 가다'처럼 동사 뒤에 붙여서 씁니다. 반면 '로'는 '집으로 가다', '파리로 가다'처럼 주로 체언(명사, 대명사, 수사) 뒤에 붙어서 움직임의 방향을 나타낼 때 씁니다. '나 밥 먹으러 가'는 '먹다'라는 동사에 어미 '러'가 붙은 것이므로 '먹으러'가 맞습니다.

확인하기

· 너 만나려고 (일부러 / 일부로) 여기까지 왔어.
· 힙합은 대중문화의 (일부러 / 일부로) 자리매김했다.
· 나 오늘은 (쇼핑하러 / 쇼핑하로) 갈 거야.

일부러 | 일부로 | 쇼핑하러

잃다 - 잊다

잃어버리지 않게 매일 복습해 주세요

복습은 '잃어버리는' 것이 아니라 '잊어버리지' 않기 위해 하는 것입니다. '잃다'와 '잃어버리다'는 주로 물건이 사라졌을 때 쓰는 말입니다. 예를 들어 '반지를 잃어버리다', '연필을 잃어버리다'처럼 쓰죠. 그리고 '균형을 잃다', '길을 잃다', '돈을 잃다'처럼 쓰기도 합니다. '잊다'와 '잊어버리다'는 주로 원래 알거나 기억하고 있던 것을 기억하지 못하는 상황에 씁니다. '학교에서 배운 것을 다 잊어버렸다'처럼요.

지금까지 본 책에서 읽은 맞춤법을 '잊어버리지' 않게 복습하는 것도 '잊지' 마세요!

확인하기

· 오늘 만나기로 한 거 (잃어버렸어 / 잊어버렸어)?

· 그는 배고픔도 (잃고 / 잊고) 게임에 집중했다.

· 오는 길에 지갑을 떨어뜨려서 (잃어버렸어 / 잊어버렸어).

잊어버렸어 | 잊고 | 잃어버렸어

66 재고 - 제고

올해 우리 회사의 목표는 이미지 재고입니다

이미지를 좋게 만들겠다는 의미일까요? 아니면 이미지를 다시 생각해 보겠다는 의미일까요? 정답은 이미지를 다시 생각해 보겠다는 의미입니다. '재고'와 '제고'는 발음은 비슷하지만 뜻이 다르므로 주의해서 써야 합니다. 이미지의 수준을 끌어올려 더 좋게 만들겠다는 말을 하고 싶다면 '이미지 제고'라고 쓰는 것이 맞습니다. '제고'는 '끌다 제提'와 '높다 고高'로 구성된 한자어입니다. 높게 끌어올린다는 의미죠. '재고'는 '다시 재再'와 '생각하다 고考'를 써서 "어떤 일이나 문제 따위에 대하여 다시 생각하다"라는 뜻입니다. 그래서 '이미지 재고'라고 하면 이미지를 다시 생각한다는 의미가 됩니다. 형태에 따라 의미가 달라지니 의도에 맞게 정확하게 써야겠죠?

❓ 창고에 쌓여 있는 물건을 가리키는 말은 '재고'인가요, '제고'인가요?

'있다 재(在)'와 '곳집 고(庫)'를 써서 '재고(在庫)'라고 써야 합니다. '재고(再考)'와는 한자가 다르죠.

확인하기

· 작년에 실패한 프로젝트는 내년 운영을 (재고해야 / 제고해야) 합니다.

· 새로운 시스템의 도입으로 생산성을 (재고했다 / 제고했다).

· 한류 열풍이 거세지면서 한국어의 위상이 (재고되고 / 제고되고) 있습니다.

재고해야 | 제고했다 | 제고되고

작년의 전해를 뭐라고 할까요?

'재작년'일까요, '제작년'일까요? 정답은 '재작년'입니다. 다시 말해 전전해를 의미하는 단어는 '제작년'이 아니라 '재작년'입니다. '재작년' 은 '다시 재再'와 지난해를 의미하는 '작년昨年'이 합쳐진 말입니다. 작년의 다시 작년이라는 의미죠. 참고로 '재작년'은 '지지난해', '전전해'로 쓰기도 합니다. '제작년'은 굳이 해석하자면 영화나 미술품 등을 만든 해, 즉 '제작을 한 해'라는 의미가 되겠지만 일반적으로 '제작 연도'라 고 씁니다.

오늘을 기준으로 과거와 미래의 날을 가리키는 우리말을 알아볼게요.

3일 전	2일 전	1일 전	오늘	1일 후	2일 후	3일 후	4일 후
그끄저께 (그끄제)	그저께 (그제)	어제		내일	모레	글피	그글피

확인하기

· (재작년에 / 제작년에) 무슨 일이 있었는지 기억나?

· (재작년까지는 / 제작년까지는) 이렇게 안 더웠던 것 같은데.

· 나는 (재작년부터 / 제작년부터) 글을 쓰기 시작했어.

재작년에 | 재작년까지는 | 재작년부터

68 조리다 - 졸이다

찌개는 (조리고 / 졸이고) 생선은 (조린다 / 졸인다)

각각 어느 말이 맞을까요? 앞은 '졸이고' 뒤는 '조린다'가 맞습니다. 둘 다 요리할 때 쓰는 말이지만 '조리다'는 양념이 배어들게 할 때, '졸이다'는 물을 증발시킬 때 씁니다. '조리다'는 '생선을 조리다'처럼 고기나 생선, 채소 등을 국물에 넣고 끓여서 양념이 배어들게 할 때 씁니다. 또한 '사과를 설탕에 조리다'처럼 "식물의 열매나 뿌리, 줄기 따위를 꿀이나 설탕물 따위에 넣고 계속 끓여서 단맛이 배어들게 하다"라는 뜻도 있습니다. 한편 '졸이다'는 '찌개를 졸이다'처럼 찌개나 국, 한약 등의 물을 증발시켜서 양이 적어지게 할 때 쓰는 말입니다.

? '마음을 조리다'가 맞나요, '마음을 졸이다'가 맞나요?

'마음을 졸이다'가 맞습니다. '졸이다'에는 "속을 태우다시피 초조해하다"라는 뜻도 있습니다.

확인하기

· 온 국민이 가슴을 (조리며 / 졸이며) 경기를 지켜봤다.

· 참치 (통조림 / 통졸임) 하나만 사 와.

· 고등어를 맛있게 (조리는 / 졸이는) 방법이 궁금해요.

졸이며 | 통조림 | 조리는

좇다 - 쫓다

유행을 좇는 삶 VS 유행을 쫓는 삶

둘 중 어느 것이 '유행을 추구하는 삶'이라는 의미일까요? 정답은 '유행을 좇는 삶'입니다. '좇다'는 '추구하다'라는 의미이고 '쫓다'는 '잡으러 가거나 물리친다'라는 의미입니다.

좀 더 자세히 말하면 '좇다'는 '명예를 좇다'처럼 목표, 이상, 행복 등을 추구하거나 '국민 여러분의 뜻을 좇아'처럼 남의 말이나 뜻을 따른다는 말을 할 때 씁니다. '쫓다'는 '새를 쫓다', '졸음을 쫓다'처럼 '물리치다'라는 의미로 쓰거나 "어떤 대상을 잡거나 만나기 위하여 뒤를 급히 따르다"라는 뜻을 가지고 있어 '경찰이 범인을 쫓아갔다'처럼 씁니다. 만약 '유행을 쫓는 삶'이라고 하면 유행을 내쫓고 물리친다는 의미에 가깝겠죠?

❓ '좇다'와 '쫓다'의 발음은 같은가요?

흔히 '좇다'를 '쫓다'처럼 [쫃따]로 발음하곤 하는데요. 표준 발음법은
[졷따]입니다.

확인하기

- 닭 (좇던 / 쫓던) 개 지붕 쳐다보듯.
- (좇고 좇기는 / 쫓고 쫓기는) 추격전이었어.
- 권력과 재물을 (좇다 / 쫓다).

쫓던 | 쫓고 쫓기는 | 좇다

70 죠 - 줘

맞춤법을 잊지 말고 기억해 (죠 / 줘)

어느 말이 맞을까요? 정답은 '기억해 줘'입니다. '줘'는 '주다'의 활용형인 '주어'가 줄어든 말입니다. 원래는 '맞춤법을 잊지 말고 기억해 주어'라는 말이 줄어든 것이죠. 이 '줘'를 귀엽게 표현하고자 '이거 해죠', '청소해 죠'처럼 '죠'를 쓰기도 하는데요. 정확히 말하면 맞춤법에 맞지 않는 말입니다. 그리고 '해 줘'뿐만 아니라 '편지 보내 줘', '커피사 줘'처럼 '보내다', '사다' 등 다른 동사가 와도 '죠'가 아니라 '줘'를써야 합니다. 편한 사이에 말을 부드럽게 하기 위해 장난스럽게 '죠'를쓸 수는 있지만 맞춤법에 맞게 쓰고 싶다면 '줘'를 쓰기를 추천합니다.

❓ '같이 가시죠', '출발하시죠'의 '죠'도 '줘'로 써야 하나요?

이때의 '죠'는 '주다'의 잘못된 표현이 아니라 '지요'의 줄임말입니다. '같이 가시지요', '출발하시지요'의 '지요'를 줄이면 '같이 가시죠', '출발하시죠'가 됩니다.

확인하기

· 나에게 기회를 (죠 / 줘).

· 우리는 끝까지 함께 (가야죠 / 가야줘).

· 나와 함께해 (죠서 / 줘서) 고마워.

줘 | 가야죠 | 줘서

71 중개 - 중계

현장에 있는 (중개차 / 중계차) 연결하겠습니다

뉴스에서 많이 들어 봤죠? 기자가 현장의 상황을 생생하게 전달할 수 있도록 도와주는 차는 '중개차'일까요, '중계차'일까요? 정답은 '중계차'입니다. '중계'는 "중간에서 이어 줌"이라는 뜻을 가지고 있는데요. 주로 '스포츠 생중계', '현장 중계'처럼 방송국 밖의 상황을 방송국이 중간에서 연결해 방송하는 일을 말합니다. 또한 '라디오 중계', '텔레비전 중계'에도 '중계'를 씁니다. '중개'는 제삼자로서 두 당사자 사이에서 일을 주선하는 것을 말합니다. '부동산 중개', '결혼 중개 회사'처럼 쓰죠.

? '중개 무역'이 맞나요, '중계 무역'이 맞나요?

둘 다 사용 가능합니다. '중개'도 중간에서 이어 준다는 의미가 있습니다. 좀 더 정확히 말하면 다른 나라에서 산 물건을 그대로 제삼국으로 수출하는 형식이라면 '중계 무역', 수출국과 수입국이 무역 거래를 할 때 제삼국의 무역업자가 개입해 거래가 진행되는 형식이라면 '중개 무역'이라고 씁니다.

확인하기

· 오늘 축구 (중개방송 / 중계방송) 꼭 봐야 해.

· 이번에 공인 (중개사 / 중계사) 시험에 합격했어.

· 부동산 (중개 / 중계) 수수료가 얼마나 되나요?

중계방송 | 중개사 | 중개

지양하다 - 지향하다

우리는 평화를 지양합니다

각국 대표가 모여 세계 평화를 논하는 외교 회담 자리를 상상해 봅시다. 우리나라 대표가 이런 말을 했다면 분위기가 이상해질 수 있습니다. 평화를 향해 나아가겠다는 포부와 반대되는 말이기 때문인데요. '지양하다'는 어떤 것을 하지 **않는다는** 의미입니다. '갈등을 지양하다', '맹목적인 태도를 지양하다'처럼 더 나은 상태로 나아가기 위해 없어져야 하는 말들과 함께 씁니다. 그래서 '우리는 평화를 지양합니다'라고 하면 우리가 더 나아가기 위해서 평화를 없애겠다는 의미가 되죠. 어떤 방향으로 나아가겠다고 말하려면 '지향하다'를 쓰는 것이 맞습니다. '평화를 지향하다', '이상을 지향하다', '안정 지향적'처럼요.

헷갈릴 때는 '향하다'를 생각하세요. '지향하다'에는 '향하다'라는 말이 들어 있습니다. 지향한다는 건 마음이 향한다는 의미예요. 그래서 어떤 방향으로 향한다는 말을 할 때는 '지향하다'를 쓰면 됩니다.

확인하기

· 공동체 발전을 위해 이분법적인 태도를 (지양해야 / 지향해야) 한다.

· 그는 현실을 (지양하는 / 지향하는) 현실주의자다.

· 유권자를 위한 미래 (지양적인 / 지향적인) 정책이 필요하다.

지양해야 | 지향하는 | 지향적인

73 채 - 체

다 알면서 모르는 (채하기는 / 체하기는)

다 알면서 모르는 것처럼 행동할 때는 어느 말이 맞을까요? 정답은 '체'입니다. '채'와 '체'는 발음은 비슷하지만 뜻이 완전히 다른데요. "그럴듯하게 꾸미는 거짓 태도나 모양"이라는 뜻의 말은 '체'입니다. '척'과 같은 뜻이에요. '아는 체를 하다', '못 본 체 딴청 부리다'처럼 쓰죠. 또한 '놀란 체하다', '잘난 체하다'처럼 '척하다'와 같은 의미로 '체하다'를 쓰기도 합니다. 이때 '체하다'는 한 단어이므로 붙여서 써요. 반면 '채'는 "이미 있는 상태 그대로 있다"라는 뜻입니다. '낙지를 산 채로 먹었다', '앉은 채로 잠들었다'처럼 '그대로'의 의미일 때 씁니다.

❓ '영문도 모르는 채'가 맞나요, '영문도 모르는 체'가 맞나요?

'무슨 일인지 모르는 상태 그대로'라는 의미이면 '채'를, '무슨 일인지 모르는 척'이라는 의미이면 '체'를 쓰는 게 맞습니다. '모르는 채'와 '모르는 체'는 의미가 다르니 유의해서 쓰세요.

💡 '채'나 '체' 자리에 '척'을 넣어서 말이 되면 '체'를 쓰세요. '체'와 '척'은 둘 다 모음에 ㅓ 모양이 들어 있다는 공통점을 생각하면 기억하기 쉬울 거예요.

확인하기

· 보고도 못 본 (채하다 / 체하다).
· 불을 켠 (채 / 체) 잠이 들었다.
· 미국인들은 집에서 신발을 신은 (채로 / 체로) 생활한다.

체하다 | 채 | 채로

케이크 - 케익

우리 같이 생일 케익 사러 가자

'케익'이 아니라 '케이크'라고 써야 합니다. '케이크'는 영어의 cake 를 우리말로 표기한 외래어입니다. 영어를 우리말로 표기할 때는 국제 음성 기호와 한글 대조표를 참고해서 적습니다. '케이크'의 영어 발음 을 국제 음성 기호로 표현하면 [keɪk]인데요. 우리나라 「외래어 표기 법」에 따르면 k는 'ㅋ', e는 '에', ɪ는 '이'로 씁니다. 그럼 '케익'으로 쓰 는 게 맞는 것 같죠. 그런데 k가 맨 마지막에 오면 '으'를 붙여서 쓴다 는 조항이 있습니다. 그래서 [keɪk]의 마지막 k는 '크'로 적는 것이 맞 습니다.

❓ 외래어를 쓸 때마다 「외래어 표기법」을 보고 맞는지 확인해야 하나요?

보통은 국어사전을 찾아보면 정확한 외래어 표기 방법을 알 수 있습니다. 또한 요즘에는 온라인 사전이 발달해 포털 사이트에서 검색만 해 봐도 쉽게 외래어 표기 방법을 찾을 수 있죠. 199쪽에서 우리가 일상에서 자주 쓰는 외래어 몇 가지를 소개했으니 참고해 주세요.

외래어 표기법

바나나, 넥타이, 커피, 컴퓨터, 테니스, 외국에서 들어온 말이지만 일상에서 자주 쓰는 말이죠? 다른 나라 말이지만 우리나라에 들어와 우리가 널리 쓰게 된 말을 '외래어'라고 합니다. 외래어니까 규칙 없이 써도 될 것 같지만 규칙이 있습니다. 외래어를 한글로 표기할 때는「외래어 표기법」에 따라 표기하는데요.「외래어 표기법」의 몇 가지 기본 원칙을 알아볼게요.

「외래어 표기법」 제1장 표기의 기본 원칙

☐ 외래어는 국어의 현용 24 자모만으로 적는다.
☐ 외래어의 1 음운은 원칙적으로 1 기호로 적는다.
☐ 받침에는 'ㄱ, ㄴ, ㄹ, ㅁ, ㅂ, ㅅ, ㅇ'만을 쓴다.
☐ 파열음 표기에는 된소리를 쓰지 않는 것을 원칙으로 한다.
☐ 이미 굳어진 외래어는 관용을 존중하되, 그 범위와 용례는 따로 정한다.

나아가「외래어 표기법」에서는 영어뿐만 아니라 네덜란드어, 독일어, 일본어, 중국어, 타이어, 포르투갈어, 프랑스어 등 세계 각국의 언어를 어떻게 한글로 표기하는지 규칙을 정하고 있습니다.「외래어 표기법」을 다 외우는 것은 어려우므로 자주 쓰지만 헷갈리는 외래어 몇 가지를 알아볼게요.

원래 말	맞는 말 ○	틀린 말 X	원래 말	맞는 말 ○	틀린 말 X
accent	악센트	액센트	message	메시지	메세지
accessory	액세서리	악세사리, 악세서리	mystery	미스터리	미스테리
allergy	알레르기	알러지	outlet	아웃렛	아울렛
barbecue	바비큐	바베큐	placard	플래카드	플랜카드
business	비즈니스	비지니스	propose	프러포즈	프로포즈
cardigan	카디건	가디건	report	리포트	레포트
chocolate	초콜릿	초코렛, 초콜렛	sausage	소시지	소세지
concept	콘셉트	컨셉, 콘셉	seafood	시푸드	씨푸드
container	컨테이너	콘테이너	shrimp	슈림프	쉬림프
cunning	커닝	컨닝	sign	사인	싸인
encore	앙코르	앵콜	snow	스노	스노우
fighting	파이팅	화이팅	target	타깃	타게트, 타겟
file	파일	화일	Valentine Day	밸런타인 데이	발렌타인 데이
juice	주스	쥬스	yellow	옐로	옐로우
license	라이선스	라이센스	豚カツ	돈가스	돈까스

켜다 - 키다

충전이 완료된 뒤에 핸드폰을 키세요

'핸드폰을 키세요'의 '키세요(키다)'는 표준어가 아닙니다. 핸드폰을 작동하게 하라고 말하려면 '켜다'를 써서 '핸드폰을 켜세요'라고 하는 것이 맞습니다. '켜다'를 '키다'로 말하는 건 방언이에요. 그리고 갈증이 나서 물을 자꾸 마시게 된다는 의미의 '키다'라는 딘어가 있긴 한데요. 요즘에는 잘 안 쓰죠. 전원이 작동하게 하거나 불을 일으킨다는 말을 표준어를 사용해 말하려면 '켜다'를 쓰는 것이 맞습니다.

? '바이올린을 키다'라고 할 때의 '키다'도 '켜다'인가요?

이때도 '켜다'가 표준어입니다. 또한 '물을 들이켜다', '기지개를 켜다'도

모두 '켜다'가 표준어입니다.

확인하기

· 어두우니까 불 (켜고 / 키고) 해.

· 아침에 기지개를 (켜면서 / 키면서) 일어났다.

· 바이올린을 (켜는 / 키는) 모습이 참 아름답다.

켜고 | 켜면서 | 켜는

이 집 짜장면 정말 (잘하내 / 잘하네)

맛있는 짜장면이라니! 생각만 해도 먹고 싶어지네요. 문제의 정답만큼이나 저 가게가 어디인지도 궁금하지만 다시 본론으로 돌아오면, 정답은 '잘하네'입니다. 이때 쓰인 '네'는 동사나 형용사 등의 뒤에 붙어서 문장을 끝낼 때 사용하는 종결 어미입니다. 위 문장에서도 '네'가 맨 끝에 있죠. 이때 '네'는 단순히 서술을 하거나 무언가를 지금 깨달았다는 의미를 전달할 때 씁니다.

? '잘하네요'처럼 '요'를 붙였을 때도 '네'라고 하나요?

'네' 다음에 '요'를 붙일 때도 '네'를 써서 '네요'라고 하는 것이 맞습니다.

확인하기

- 오늘 날씨가 (좋내 / 좋네).
- 여행 내내 (행복했겠내 / 행복했겠네).
- 이렇게 쉬니까 (편안하내요 / 편안하네요).

좋네 | 행복했겠네 | 편안하네요

모던보이 : 모던걸, 뭐 <u>할려고</u>?

모던걸 : 책 <u>읽을려고</u> 했지.

모던보이 : 나 점심 <u>먹을려고</u> 하는데 같이 먹을래?

모던걸 : 아니, 나 책 읽고 <u>잘려고</u>.

모던보이 : 알겠어, 난 피자 <u>만들려고</u>.

위 대화문의 밑줄 친 부분 중 맞춤법에 맞는 말은 무엇일까요? 정답은 맨 마지막 줄의 '만들려고'입니다. 나머지는 다 틀렸습니다. '할려고', '읽을려고', '먹을려고', '잘려고'가 아니라 '하려고', '읽으려고', '먹으려고', '자려고'가 맞습니다. '하다', '읽다', '먹다', '자다'라는 말에 '르려고'를 붙여서 말해야 할 것 같나요? 하지만 **어떤 의도를 나타낼 때 쓰는 말은 '르려고'가 아니라 '려고'입니다.** 르은 쓰지 않는 것이 맞습니다. '만들려고'도 기본형인 '만들다'의 '만들'에 '려고'를 붙여서 '만들려고'가 됐습니다.

확인하기

- 운동 다 하고 (씻으려고 / 씻을려고) 해.
- TV를 (보려고 / 볼려고) 불을 껐다.
- 아기 새가 (나려고 / 날려고) 날개를 파닥거린다.

씻으려고 | 보려고 | 날려고

78 하므로 - 함으로

그는 열심히 노력하므로 성공할 것이다 vs
그는 열심히 노력함으로 성공할 것이다

두 문장은 의미가 같을까요, 다를까요? 정답은 의미가 다른 문장입니다. 첫 번째 문장은 '그는 열심히 노력하기 때문에 성공할 것이다'라는 의미이고, 두 번째 문장은 '그는 열심히 노력하는 방식을 통해 성공할 것이다'라는 의미입니다. 묘하게 다르죠.

'하므로'는 '하다'에 까닭이나 근거를 나타내는 연결 어미 '므로'가 붙은 말입니다. '때문에'라는 의미를 가지고 있죠. '경사가 심하므로 조심해야 한다', '비가 오므로 우산을 챙겨라'처럼 쓸 수 있습니다. '함으로'는 '하다'의 명사형인 '함'에 주로 수단과 방식을 나타내는 조사 '으로'가 붙은 말입니다. '어떤 방식을 통해'라는 의미를 가지고 있죠. '그녀는 제안을 거절함으로 자신의 뜻을 밝혔다', '사진을 저장함으로 기억을 간직하다'처럼 쓸 수 있습니다.

헷갈릴 때는 '므로' 또는 '으로' 뒤에 '써'를 붙여 보세요. 말이 되면 '으로', 말이 안 되면 '므로'입니다. 연결 어미 '므로' 뒤에는 '써'가 붙지 않지만 조사 '으로' 뒤에는 '써'가 붙을 수 있기 때문이죠. 즉, '하므로써' 라는 말은 없고 '함으로써'만 있다는 말입니다.

확인하기

· 나의 무기인 (성실하므로 / 성실함으로) 꼭 이겨 낼 거야.
· 미성년자는 출입이 안 (되므로 / 됨으로) 입장할 수 없습니다.
· 책을 (보므로써 / 봄으로써) 마음의 평안을 얻었다.

성실함으로 | 되므로 | 봄으로써

79 희안하다 - 희한하다

살다 보면 희안한 일이 생기기도 하지요

분명 조금 전까지만 해도 책상 위에 있던 연필이 없어졌던 일, 사람처럼 두 발로 걷는 강아지를 봤던 일, 마른하늘에 비가 내리던 일, '희안한 일'일까요, '희한한 일'일까요? 드물게 일어나는 일을 보면서 신기하다는 말을 하고 싶을 때는 '희한하다'라고 하는 것이 맞습니다. '희안하다'는 '희한하다'의 비표준어예요. '희한하다'는 '드물다 희稀'와 '드물다 한罕'이 합쳐진 한자어입니다. 드물다는 말이 두 번 나오니까 정말 드물다는 말이겠죠.

? '희한하다'의 발음은 어떻게 하나요?

'희한하다'를 [히안하다]라고 발음하는 사람들이 있는데요. 표준 발음법은 [히한하다]입니다. 헷갈리지 않기 위해서는 평소에도 ㅎ 발음을 살려 [히한하다]라고 발음하길 추천합니다.

확인하기

· 내가 그렇게 (희안하게 / 희한하게) 생겼어?

· 별 (희안한 / 희한한) 일이 다 있네.

· 동네에 (희안한 / 희한한) 소문이 돌기 시작했다.

희한하게 | 희한한 | 희한한

힘듦 - 힘듬

그는 한 번도 [힘듦을 / 힘듬을] 표현하지 않았다

발음을 [힘듬]이라고 하니까 '힘듬'이 맞을까요? 정답은 '힘듦'입니다. '힘듦'은 '힘들다'에서 온 말인데요. '힘들다'의 '힘들'처럼 ㄹ 받침으로 끝나는 말을 명사형으로 바꾸려면 ㅁ을 붙이면 됩니다. 그래서 '힘듦'이 맞는 것이죠. 마찬가지로 '만들다', '알다'도 '만들', '알'이 ㄹ 받침으로 끝나므로 '만듦', '앎'이라고 씁니다. ㄹ을 빼는 것은 맞춤법에 맞지 않아요. '힘듬'이라고 쓰려면 원래 말이 '힘드다'인 셈인데 '힘드다'는 좀 이상하죠?

? ㄹ 받침으로 끝나지 않는 말들은 어떻게 명사형으로 바꾸나요?

우리말에서는 동사나 형용사를 명사형으로 바꿀 때 끝에 ㅁ이나 '음'을
붙입니다. 앞말이 받침 없이 끝나거나 ㄹ 받침으로 끝나면 ㅁ을 붙이
죠. 그래서 '가다', '하다', '힘들다'는 '감', '함', '힘듦'이라고 씁니다. 그리
고 앞말이 ㄹ을 제외한 받침으로 끝나면 '음'을 붙입니다. 그래서 '먹다',
'씻다'는 '먹음', '씻음'이라고 씁니다.

💡 '살다'의 명사형인 '삶'을 생각하면 기억하기 쉬워요.

확인하기

· 나이가 (듦에 / 듬에) 따라 지혜가 쌓여 간다.
· 노래를 (틂으로써 / 틈으로써) 분위기가 좋아졌다.
· 이쯤에서 잠시 쉬어 (갋이 / 감이) 어떨까요?

듦에 | 틂으로써 | 감이

4장

원리로 이해하는
핵심 띄어쓰기 20

국립국어원 트위터에서 화제가 됐던 띄어쓰기입니다.[3] 어디를 붙여서 쓰는 것이 맞을까요? 놀랍게도 모두 띄어서 쓰는 것이 맞습니다. 물론 저 중에서 '두달'과 '돼감'은 붙여서 쓰는 것도 허용된다고 하니 그나마 너그럽다고 해야 할까요. 참고로 '깨뜨리시었겠더군요'처럼 모두 붙여서 써야 하는 경우도 있습니다.

"띄어쓰기, 나도 자신 없다."[4]

2013년 한 기사 헤드라인의 일부분입니다. 전 국립국어원장도 띄어쓰기가 어렵다고 하니 나만 띄어쓰기가 어려운 건 아닌 것 같아 위로가 되는 말이기도 하네요.

'띄어쓰기 꼭 해야 할까?'라는 생각이 드나요? 16쪽에서 소개했던 '농협용인육가공공장', '안동시체육회', '내동생고기'와 잊을 만하면 언급되곤 하는 '아버지가방에들어가신다', '무지개같다'를 생각해 보면 띄어쓰기를 해야 하는 이유가 명확해집니다. 띄어쓰기를 해야 하는 이유는 의미 단위를 구별함으로써 말하고자 하는 바를 쉽게 파악하기 위함입니다. '나너안본지두달다돼감'을 다 붙여서 쓰거나 '깨 뜨 리 시 었 겠 더 군 요'를 다 띄어서 쓰면 의미를 파악하기가 어렵죠.

3] https://url.kr/foav3i
4] "前 국립국어원장의 고백 "띄어쓰기, 나도 자신 없다"" (조선일보, 2013년 5월 22일)

우리말의 띄어쓰기 제1원칙은 매우 간단합니다.

"문장의 각 단어는 띄어 씀을 원칙으로 한다."

영어 문장을 쓸 때 띄어쓰기를 걱정해 본 적 있나요? 아마 거의 없을 것입니다. 무엇이 단어인지 매우 명확하기 때문이죠. 하지만 우리말을 쓸 때는 유독 띄어쓰기가 고민스러울 때가 많습니다. 어디까지가 한 단어인지 헷갈리기 때문인데요. 예를 들어 '해야한다'와 '해야 한다'는 한 단어일까요, 두 단어일까요? 한 단어라면 '해야한다'로 붙여서 쓰는 것이 맞고 두 단어라면 '해야 한다'로 띄어서 써야 합니다. 정답은 두 단어이므로 '해야 한다'로 띄어서 쓰는 것이 맞습니다.

같은 글자라도 문법적 성질이 여러 개일 수도 있습니다. 즉, 생긴 것은 같아도 문법적 성질에 따라 띄어쓰기가 달라지기도 합니다. 예를 들어 '대로', '만큼', '뿐'은 조사이면서 의존 명사이기도 해서 때에 따라 띄어쓰기가 달라집니다. 또한 '한 번'과 '한번'처럼 띄어쓰기에 따라 의미나 품사가 달라지는 경우도 있는데요. 띄어쓰기가 어렵다고 느끼게 만드는 요인 중 하나입니다.

하지만 걱정하지 마세요. 몇 가지 중요한 원칙들만 알면 띄어쓰기가 훨씬 쉬워질 수 있습니다. 본 장에서는 「한글 맞춤법」의 중요한 띄어쓰기 규정들을 알아볼게요. 더불어 이 규정들을 토대로 중요한 띄어쓰기 20개를 모아 봤으니 이것만이라도 꼭 기억하길 바랍니다.

띄어쓰기 원칙

　「한글 맞춤법」에 나오는 몇 가지 규정들을 바탕으로 띄어쓰기의 원리를 알아볼게요. 여기서 말하는 단어, 조사, 의존 명사, 명사, 보조 용언, 본용언이라는 말이 기억나지 않으면 2장을 다시 읽어 보길 추천합니다.

「한글 맞춤법」 제1장 제2항
문장의 각 단어는 띄어 씀을 원칙으로 한다.

　띄어쓰기와 관련해서 가장 먼저 나오는 원칙입니다. 단어의 정의가 "독립적으로 쓰이는 최소의 단위"이므로 이 단위로 띄어쓰기를 하는 것입니다. 그래서 하나의 단어라면 붙여서, 다른 단어라면 띄어서 쓰는 것이 맞습니다.

「한글 맞춤법」 제5장 제1절 제41항
조사는 그 앞말에 붙여 쓴다.

　단어는 명사, 대명사, 수사, 조사, 동사, 형용사, 관형사, 부사, 감탄사 이렇게 9개의 품사로 나뉩니다. 제2항에 따르면 '이/가', '을/를' 같은 조사도 하나의 단어이므로 띄어서 쓰는 게 맞습니다. 하지만 제41항에서 조사는 예외라는 것을 밝히고 있습니다. 조사는 자립성이 없을 뿐만 아니라 조사를 띄어서 쓸 경우 의미 단위를 파악하기가 어려워지기 때문입니다. 예를 들어 '모던걸이 맞춤법을 알려 준다'를 '모던걸 이 맞춤법 을 알려 준다'처럼 쓰면 뜻을 파악하기 어려워집니다. 그래서 조사는 붙여서 씁니다.

「한글 맞춤법」 제5장 제2절 제42항
의존 명사는 띄어 쓴다.

의존 명사는 '먹을 것', '갈 데'의 '것'과 '데'같이 다른 말에 기대어 쓰는 명사를 말합니다. 다른 말에 기대어 쓰니까 제41항에 나오는 조사처럼 붙여서 써야 할 것 같지만 의존 명사는 명사의 기능을 하기 때문에 띄어서 씁니다.

문제는 조사와 의존 명사가 똑같이 생긴 경우가 있다는 것입니다. 예를 들어 '대로', '만큼', '뿐'은 조사이기도 하고 의존 명사이기도 합니다. 그래서 조사일 때는 붙여서 쓰고 의존 명사일 때는 띄어서 써야 합니다. 자세한 설명은 232쪽과 246쪽에 있습니다.

「한글 맞춤법」 제5장 제2절 제43항
단위를 나타내는 명사는 띄어 쓴다.

'다섯 개', '일곱 그릇', '열두 병', '스무 살'의 '개', '그릇', '병', '살'같이 단위를 나타내는 말은 띄어서 씁니다. 다만 차례를 나타내거나 연월일, 시각을 쓸 때는 붙여서 쓰는 것이 허용됩니다. 그래서 '제일 편', '제일 항', '이천이십 년 일 월 일 일', '여섯 시 삼십 분'처럼 쓰는 것이 원칙이지만 '제일편', '제일항', '이천이십년 일월 일일', '여섯시 삼십분'으로 써도 됩니다.

또한 단위 명사 앞에 아라비아 숫자가 오는 경우에는 붙여서 쓰는 것이 허용됩니다. 그래서 '5 개', '7 그릇', '12 병', '20 살'로 띄어서 쓰는 것이 원칙이지만 '5개', '7그릇', '12병', '20살'로 붙여서 쓸 수 있습니다. 확실히 붙여서 쓰는 게 더 잘 보이죠? 단위 명사의 띄어쓰기가 헷갈리는 경우에는 아라비아 숫자를 쓰는 것도 방법입니다.

「한글 맞춤법」 제5장 제2절 제44항
수를 적을 적에는 '만(萬)' 단위로 띄어 쓴다.

123,456,789는 한글로 어떻게 쓸까요? '1억 2345만 6789' 또는 '일억 이천삼백사십오만 육천칠백팔십구'처럼 만 단위로 띄어서 씁니다. 만 단위로 띄어서 쓰는 것이 가장 자연스럽기 때문이죠. 하지만 금액을 적을 때는 변조를 막기 위해 붙여서 쓰는 것이 관례라고 하니 참고하세요.

「한글 맞춤법」 제5장 제2절 제45항
두 말을 이어 주거나 열거할 적에 쓰이는 다음의 말들은 띄어 쓴다.

'5 대 5', '맞춤법 및 띄어쓰기', '하나 내지 둘', '서울, 뉴욕 등 대도시'의 '대', '및', '내지', '등'과 '등등', '등속', '등지', '겸'은 앞말과 띄어서 씁니다.

「한글 맞춤법」 제5장 제2절 제46항

단음절로 된 단어가 연이어 나타날 적에는 붙여 쓸 수 있다.

'내 것 네 것'은 원래 모두 띄어서 쓰는 것이 원칙입니다. 하지만 '내 것 네 것'처럼 한 글자로 된 단어가 연속해서 나타날 때는 '내것 네것'으로 쓰는 것도 허용합니다. 의미를 좀 더 빠르고 정확하게 파악할 수 있기 때문이죠. 하지만 '내것네것'처럼 모두 붙여서 쓰지는 않고 2개의 음절만 붙여서 씁니다. 그리고 의미를 고려해서 써야 하기 때문에 '내 것네 것'처럼 쓰지도 않습니다. 마찬가지로 '한 잎 두 잎'은 '한잎 두잎'으로, '물 한 병'은 '물 한병'으로 붙여서 쓰는 것이 가능합니다.

「한글 맞춤법」 제5장 제3절 제47항

보조 용언은 띄어 씀을 원칙으로 하되, 경우에 따라 붙여 씀도 허용한다.

보조 용언도 하나의 단어이기 때문에 띄어서 쓰는 것이 원칙입니다. 하지만 본용언과 붙여서 쓰는 것이 허용되는 경우가 있습니다. 바로 '먹어보다', '입어보다'처럼 '어/아+보조 용언'의 형태일 때입니다. 반대로 '지워지다'나 '예뻐하다'처럼 '아/어지다', '아/어하다'의 경우에는 붙여서 쓰는 것이 원칙입니다.

이 밖에도 보조 용언은 띄어서 써야만 하는 경우, 띄어도 되고 안 띄어도 되는 경우, 꼭 붙여서 써야 하는 경우가 다양합니다. 그래서 정확하게 쓰고 싶다면 국어사전을 참고하는 것이 좋습니다.

「한글 맞춤법」 제5장 제4절 제48항

성과 이름, 성과 호 등은 붙여 쓰고, 이에 덧붙는 호칭어, 관직명 등은 띄어 쓴다.

'홍길동'은 '홍 길동'이 아니라 '홍길동'으로 쓰는 것이 맞습니다. 다만 성이 '선우진', '황보영'처럼 두 글자 이상이라 어디까지가 성이고 어디까지가 이름인지 헷갈릴 수 있다면 '선우 진', '황보 영'처럼 띄어서 쓸 수 있습니다. 그리고 '님', '씨', '대표', '사장' 같은 호칭이나 관직명도 '모던걸 님', '모던걸 씨', '모던걸 대표', '모던걸 사장'처럼 띄어서 씁니다.

「한글 맞춤법」 제5장 제4절 제49항

성명 이외의 고유 명사는 단어별로 띄어 씀을 원칙으로 하되, 단위별로 띄어 쓸 수 있다.

이름을 제외한 고유 명사는 원래 단어별로 띄어서 쓰는 것이 원칙입니다. 하지만 밀접한 관련이 있는 말들끼리는 붙여서 쓸 수 있습니다. 예를 들어 '한국 대학교 인문 대학'은 원칙대로라면 띄어서 쓰는 것이 맞지만 '한국대학교 인문대학'으로 붙여서 쓰는 것도 허용합니다. 실제로 밀접한 단어끼리는 붙여서 쓰는 것이 의미를 파악하기에도 더 쉽습니다.

「한글 맞춤법」 제5장 제4절 제50항

전문 용어는 단어별로 띄어 씀을 원칙으로 하되, 붙여 쓸 수 있다.

학술적으로 쓰이는 말이나 기술 용어는 여러 개의 단어로 구성돼 있더라도 실제적으로는 하나의 의미를 나타내는 경우가 많습니다. '국제 음성 기호', '상대성 이론' 같은 것들인데요. 오히려 띄어서 쓰면 의미가 옅어지는 경우가 있으므로 '국제음성기호', '상대성이론'처럼 붙여서 쓰는 것도 허용합니다. 하지만 단어에 따라 다르게 적용될 수 있으므로 전문 용어 역시 정확하게 쓰려면 국어사전을 확인하는 것이 좋습니다.

띄어쓰기의 띄어쓰기

(띄어쓰기는 / 띄어 쓰기는) 각 단어를 (띄어쓰는 / 띄어 쓰는) 것을 말한다

각각 어떻게 쓰는 것이 맞을까요? 정답은 순서대로 '띄어쓰기는', '띄어 쓰는'입니다. '띄어쓰기'는 붙여서 쓰지만 '띄어 쓰는'은 띄어서 쓰는데요. 같아 보이는 두 말의 띄어쓰기가 다른 이유는 '띄어쓰기'는 한 단어이고 '띄어 쓰는'은 두 단어이기 때문입니다. '띄어쓰기'는 "글을 쓸 때, 어문 규범에 따라 어떤 말을 앞말과 띄어 쓰는 일"이라는 뜻

으로, 사전에 한 단어로 등재돼 있으므로 붙여서 써야 합니다. 하지만 '띄어 쓰는'의 원형인 '띄어 쓰다'는 '띄다'와 '쓰다'라는 각각의 단어가 연결된 구성입니다. 즉, 2개의 단어이므로 띄어서 써야 하는 것이죠. 띄어쓰기의 첫 번째 원칙이었던 "문장의 각 단어는 띄어 씀을 원칙으로 한다"가 이렇게 중요합니다.

01 같이

그림같이 멋진 곳으로 나와 같이 떠나자

위 문장에는 '같이'가 두 번 나오는데요. 앞의 '같이'는 붙여서 썼고 뒤의 '같이'는 띄어서 썼습니다. 이상해 보이나요? '그림처럼 멋진 곳으로 나와 함께 떠나자'라는 의미라면 맞는 말입니다.

'같이'는 붙여서 쓰기도 하고 띄어서 쓰기도 합니다. 그 이유는 '같이'가 조사 또는 부사로 쓰일 수 있기 때문인데요. '같이'가 체언(명사, 대명사, 수사) 뒤에 붙어서 "앞말이 보이는 전형적인 특징처럼"이라는 뜻의 조사로 쓰인다면 앞말에 붙여서 씁니다. 그래서 '그림같이'는 붙여서 써야 합니다. '같이'가 '와/과'와 함께 쓰여 '함께'라는 의미를 갖는 부사로 쓰인다면 앞말에 띄어서 씁니다. '나와 같이'에서 '같이'는 '와/과'와 함께 쓰여 '떠나다'라는 동사를 수식하므로 앞말에 띄어서 쓰는 것이 맞습니다.

❓ '그림 같은 곳'의 '같은'은 띄어쓰기를 어떻게 하나요?

'같은'은 형용사 '같다'의 활용형입니다. 얼핏 보면 조사 '같이'와 비슷해 보이지만 다른 말이에요. '같은'은 조사가 아니라 하나의 단어이므로 앞말에 띄어서 '그림 같은 곳', '모델 같은 사람', '진짜 같은 가짜', '천사와 같은 사람'처럼 써야 합니다.

💡 '같이' 자리에 조사 '처럼'을 넣었을 때 말이 되면 '같이'는 앞말에 붙여서 쓰면 됩니다. 그렇다면 '처럼'은 당연히 앞말에 붙여서 써야겠죠?

확인하기

· (사과같이 / 사과 같이) 예쁜 얼굴이네.
· 천천히 (나랑같이 / 나랑 같이) 가자.
· 그는 나에게 (하늘같은 / 하늘 같은) 분이야.

사과같이 | 나랑 같이 | 하늘 같은

사과 (다섯개만 / 다섯 개만) 주세요

위 문장에서 '개'는 물건을 셀 때 쓰는 말입니다. 앞에 '한', '두', '세' 등의 숫자와 함께 쓰는데요. '개'처럼 혼자 쓰지 못하고 다른 말에 의존해서 쓰는 명사를 의존 명사라고 합니다. 의존 명사는 앞말에 띄어서 쓴다는 특징이 있습니다. 그래서 위 문장에서는 '다섯 개'라고 띄어서 쓰는 것이 맞습니다. '개'와 비슷한 예로는 무게를 재는 '근', 나이를 세는 '살', 우리나라 화폐 단위인 '원', 종이를 세는 '장' 등이 있습니다. 이것들 역시 띄어서 쓰는 것이 원칙입니다.

❓ '사과 5개만 주세요'처럼 아라비아 숫자를 쓸 때는 띄어쓰기를 어떻게
하나요?

'5 개만'처럼 띄어서 쓰는 것이 원칙이지만 '5개만'으로 붙여서 쓰는 것
도 허용합니다. 붙여서 쓸 때 가독성이 높기 때문이죠.

확인하기

· (몇개 / 몇 개) 필요하세요?
· 의자는 (일곱개면 / 일곱 개면) 충분하겠지?
· 오늘 평균 기온은 (삼십도로 / 삼십 도로) 예상됩니다.

몇 개 | 일곱 개면 | 삼십 도로

(아는것이 / 아는 것이) 힘이다

'것'은 주로 어떤 사물이나 일, 현상을 추상적으로 말할 때 쓰는 의존 명사입니다. **의존 명사는 앞말에 띄어서 써야 하기 때문에 '아는 것이 힘이다'가 맞습니다.** 이 밖에도 '것'은 '그 책은 내 것이야'처럼 소유를 나타내거나 '너는 잘 해낼 것이다'처럼 생각을 나타낼 때 쓰기도 하는데요. 모두 의존 명사이므로 앞말에 띄어서 써야 합니다. 그런데 '이 것', '저것', '그것', '아무것' 등은 하나의 단어로 굳어졌기 때문에 모두 붙여서 쓰는 것이 맞습니다.

? '것'의 구어체인 '거'는 띄어쓰기를 어떻게 하나요?

'것'과 마찬가지로 '거'도 의존 명사이므로 앞말에 띄어서 써야 합니다. 그래서 '내 거야', '내가 준비한 거야', '잘될 거야'처럼 쓰죠. 마찬가지로 '이거', '저거', '그거', '아무거'도 한 단어이므로 모두 붙여서 쓰는 것이 맞습니다.

확인하기

· 사랑을 (할거야 / 할 거야).

· 죽느냐 사느냐, (그것이 / 그 것이) 문제로다.

· 그 빵은 (언니거니까 / 언니 거니까) 손대지 말자.

할 거야 | 그것이 | 언니 거니까

[오늘까지 / 오늘 까지] 전 품목 50% 할인

'까지'는 붙여서 쓸까요, 띄어서 쓸까요? 정답은 '오늘까지'라고 붙여서 써야 합니다. '까지'는 '집까지', '한 시까지'처럼 범위의 끝을 알려주는 의미를 가진 조사입니다. 그래서 앞말에 붙여서 쓰는 것이 맞습니다. 참고로 '까지'는 '품질도 좋고 가격까지 저렴하다'처럼 무언가에 더한다는 의미도 있는데 이때도 '까지'는 붙여서 쓰는 것이 맞습니다.

? '오늘부터'의 '부터'는 띄어쓰기를 어떻게 하나요?

'부터'도 '까지'와 마찬가지로 조사이므로 앞말에 붙여서 '오늘부터'라고 써야 합니다. 그래서 '처음부터 끝까지', '한 시부터 다섯 시까지'처럼 쓰죠.

확인하기

· 허락하실 (때까지 / 때 까지) 집에 가지 않겠습니다.
· (너까지 / 너 까지) 나한테 이럴 거야?
· (지금부터 / 지금 부터) 공연을 시작하겠습니다.

때까지 | 너까지 | 지금부터

말하는 대로, 그 말대로 될 거야

위 문장에는 '대로'가 두 번 나옵니다. 앞의 '대로'는 띄어서 쓰고 뒤의 '대로'는 붙여서 썼는데요. 똑같이 생겼지만 둘은 다른 '대로'입니다. '말하는 대로'의 '대로'는 "어떤 모양이나 상태와 같이"라는 뜻의 의존 명사이므로 띄어서 씁니다. 또한 '끝나는 대로 집으로 와'처럼 "어떤 상태나 행동이 나타나는 그 즉시"라는 뜻으로 쓸 때도 의존 명사이므로 띄어서 써야 합니다. 하지만 '말대로'의 '대로'는 앞에 오는 말에 근거하거나 달라짐이 없음을 나타낼 때 쓰는 조사이므로 붙여서 씁니다. 참고로 '너는 너대로 나는 나대로 하자'처럼 따로따로 구별됨을 나타낼 때도 조사이므로 붙여서 써야 합니다.

'대로' 앞에 체언(명사, 대명사, 수사)이 오면 조사일 가능성이 높습니다. 그래서 '나대로', '말대로', '법대로'처럼 붙여서 쓰죠. 반면 '대로' 앞에 관형사형 어미 ㄴ이나 ㄹ로 끝나는 말이 오면 의존 명사일 가능성이 높습니다. 이때는 '끝나는 대로', '말하는 대로', '좋을 대로'처럼 쓰죠.

확인하기

- 선수는 (지칠대로 / 지칠 대로) 지친 상태였다.
- 경기가 (예상했던대로 / 예상했던 대로) 흘러갔다.
- (예상대로 / 예상 대로) 협상은 난항을 겪었다.

지칠 대로 | 예상했던 대로 | 예상대로

(출발할때 / 출발할 때) 카톡 보내 줘

'때'는 앞말에 붙여서 쓸까요, 띄어서 쓸까요? 정답은 '출발할 때'처럼 띄어서 써야 합니다. '때'는 명사라서 그 자체로 한 단어이기 때문에 띄어서 쓰는 것이 맞습니다. "시간의 어떤 순간이나 부분"이라는 뜻으로, '아무 때나 좋아', '어렸을 때'처럼 쓰죠. 또한 '작년 휴가 때', '지난 여행 때'처럼 "일정한 시기 동안"이라는 뜻도 가지고 있습니다. 이처럼 시간을 의미하는 '때'는 띄어서 써야 합니다.

❓ '이때', '그때'도 '이 때', '그 때'로 띄어서 쓰나요?

'이때', '그때'는 한 단어로 굳어졌기 때문에 붙여서 씁니다. 마찬가지로 '이맘때', '그맘때', '끼니때', '밥때', '아침때', '저녁때', '한창때'도 모두 한 단어이므로 붙여서 씁니다. 이처럼 예외도 있다는 점을 참고해 주세요.

확인하기

- 가끔 치킨이 먹고 (싶을때가 / 싶을 때가) 있다.
- (방학때마다 / 방학 때마다) 여행을 갔다.
- (그때는 / 그 때는) 세상을 다 가진 것 같았다.

싶을 때가 | 방학 때마다 | 그때는

이게 다 너때문이야

　잘못된 것을 발견했나요? 다른 사람의 탓으로 돌리는 태도가 잘못됐을까요? 그럴 수도 있겠지만 확실히 잘못된 것은 띄어쓰기입니다. "어떤 일의 원인이나 까닭"이라는 뜻의 '때문'은 의존 명사이므로 앞말에 띄어서 씁니다. 그래서 '이게 다 너 때문이야'라고 써야 합니다. 마찬가지로 '감기 때문에 고생이다', '인건비가 증가했기 때문에'도 띄어서 쓰는 것이 맞습니다.

❓ '이게 다 네 덕분이야'의 '덕분'은 띄어쓰기를 어떻게 하나요?

'덕분'은 도움을 의미하는 명사이므로 띄어서 쓰는 것이 맞습니다.

확인하기

· 여러분의 도움이 (있었기때문입니다 / 있었기 때문입니다).

· (사랑때문에 / 사랑 때문에) 울지 말자.

· 응원해 (주신덕분에 / 주신 덕분에) 용기를 낼 수 있었습니다.

있었기 때문입니다 | 사랑 때문에 | 주신 덕분에

하지마 vs 하지 마

둘 중 어느 것이 맞을까요? 정답은 '하지 마'입니다. '하지 마'의 '마'는 어떤 행동을 못 하게 한다는 의미의 보조 용언 '말다'의 활용형인데요. '말다' 앞에는 주로 '지'가 와서 '지 말다'와 같은 형태로 씁니다. '걱정하지 마', '들어가지 미시오'처럼요. 이때 '지'와 '말다' 사이는 띄어서 써야 합니다. 참고로 '걱정(을) 마'처럼 앞에 '지'가 오지 않아도 '마'는 띄어서 씁니다.

❓ '하지마라', '하지말아', '하지말아라'는요?

모두 띄어서 써야 합니다. '말다'는 '마', '마라', '말아', '말아라'같이 다양

하게 활용할 수 있는데요. '하지 마'를 띄어서 쓰는 것처럼 '하지 마라',

'하지 말아', '하지 말아라'도 모두 띄어서 써야 합니다.

확인하기

· 아무거나 (먹지마 / 먹지 마).

· 내가 계속 기다릴 거라고 (장담마 / 장담 마).

· 여기서 담배를 (피우지마세요 / 피우지 마세요).

먹지 마 | 장담 마 | 피우지 마세요

09 만

기다린 지 (한 시간만에 / 한 시간 만에) 맛본 돈가스

둘 중 어느 것이 맞을까요? 정답은 '한 시간 만에'입니다. '만'이 "앞말이 가리키는 동안이나 거리"라는 뜻일 때는 의존 명사이므로 띄어서 씁니다. 즉, '한 시간 만에'는 '한 시간이라는 시간 동안'이라는 의미이므로 띄어서 쓰는 것이죠. 또한 '한 번 만에 합격했다'처럼 "앞말이 나타내는 횟수를 끝으로"라는 뜻일 때도 의존 명사이므로 띄어서 씁니다. 의존 명사 '만'은 주로 '한 시간 만에', '한 시간 만이다'처럼 '만에' 또는 '만이다'의 꼴로 쓰니 이 경우에는 띄어서 써야 합니다.

헷갈리는 것은 붙여서 쓰는 '만'도 있다는 사실인데요. '무엇인가를 제한한다'라는 의미를 갖고 있을 때는 조사 '만'이므로 붙여서 써야 합니다. 예를 들어 '나만 바라봐'나 '하루만 시간을 주세요'처럼 제한하는 의미일 때는 붙여서 씁니다.

❓ '그럴 만도 하다'의 '만'은 띄어쓰기를 어떻게 하나요?

'만'이 앞말이 뜻하는 것에 타당한 이유가 있음을 나타낼 때는 의존 명사 '만'이므로 '그럴 만도 하다'처럼 띄어서 씁니다.

확인하기

· (한 번만 / 한 번 만) 내 말을 믿어 줘.
· 시험에 (한 번만에 / 한 번 만에) 합격했다.
· 떠난 지 (한 시간만에 / 한 시간 만에) 돌아왔다.

한 번만 | 한 번 만에 | 한 시간 만에

10 못하다

저 노래 못해요 vs 저 노래 못 해요

둘 중 '못'의 띄어쓰기가 맞는 문장은 무엇일까요? 둘 다 맞습니다. 다만 의미가 다른데요. '못해요', 즉 '못하다'는 '잘하다'의 반대 의미로, 능력이 없거나 일정 수준에 못 미칠 때 씁니다. 그래서 '노래 못해요'는 노래 실력이 없다는 의미입니다. 술이 약한 경우에도 '술을 못하다'라고 붙여서 씁니다. 또한 '실력이 예전만 못하다'처럼 비교의 의미가 있거나 '못해도'처럼 "아무리 적게 잡아도"라는 뜻일 때, '지 못하다'의 형태일 때는 모두 붙여서 씁니다. '못 해요', 즉 '못 하다'는 어떤 동작을 할 수 없거나 상태가 이루어지지 않았다는 의미를 가진 부사 '못'과 '하다'가 합쳐진 말입니다. 즉, '하다'를 부정하는 말로, 아예 하지 못할 때 씁니다. '노래 못 해요'는 누군가가 노래를 아예 하지 못하게 했다거나 목을 아끼기 위해서 노래를 아예 할 수 없을 때 등에 하는 말인 것이죠.

❓ '안 하다'는 띄어쓰기를 어떻게 하나요?

'안 하다'라고 항상 띄어서 씁니다. '안 하다'는 부사 '안'과 동사 '하다'로

이루어진 두 단어이므로 띄어서 써야 하며 '안하다'라는 말은 없습니다.

확인하기

· 긴장이 돼서 아무것도 먹지 (못했다 / 못 했다).

· 네가 돌아올 거라고는 아예 상상도 (못했어 / 못 했어).

· 이번 휴가에는 아무것도 (안할래 / 안 할래).

못했다 | 못 했어 | 안 할래

나는 (너밖에 / 너 밖에) 없어

'너 말고는 아무도 없다'라는 의미의 말은 어느 것일까요? 정답은 '나는 너밖에 없어'입니다. '앞의 말 외에는'이라는 의미를 가진 '밖에'는 조사이므로 앞말에 붙여서 써야 합니다. '나밖에 모르는 사람', '하나밖에 없는 보물'처럼 주로 '모르다', '없다' 같은 부정을 나타내는 말과 어울려 쓰는 것이 특징이에요. 그리고 '갈 수밖에 없다', '먹을 수밖에 없다', '할 수밖에 없다'처럼 의존 명사 '수' 다음에 나오는 '밖에'도 조사인데요. 이때의 '밖에'도 '수밖에'처럼 붙여서 써야 합니다.

? '창 밖에 비가 내린다'의 '밖에'는 띄어쓰기를 어떻게 하나요?

'창 밖에'라고 띄어서 써야 합니다. 이때의 '밖에'는 조사가 아니라 바깥을 의미하는 명사 '밖'입니다. 명사는 하나의 단어이므로 앞말에 띄어서 쓰죠. 그래서 '그의 거취는 관심 밖에 있었다', '짐을 밖에 두다', '친구랑 밖에서 놀다'처럼 앞말에 띄어서 씁니다.

확인하기

· 그 아이는 아직 다섯 (살밖에 / 살 밖에) 안 됐어.
· 그저 바라보는 (것밖에 / 것 밖에) 할 수 없었다.
· 너무 추워서 (문밖에 / 문 밖에) 나갈 수가 없다.

살밖에 | 것밖에 | 문 밖에

뿐

여긴 온통 먹을 (것뿐이다 / 것 뿐이다)
그래서 그저 먹기만 (할뿐이다 / 할 뿐이다)

위 문장에는 '뿐'이 두 번 나오는데요. 각각 어느 것이 맞을까요? 정답은 '것뿐이다'와 '할 뿐이다'입니다. 두 문장에 쓰인 '뿐'은 생긴 것도 같고 뜻도 비슷해 보이지만 품사가 다릅니다. 앞에 나오는 '뿐'은 "그것만이고 더는 없음"이라는 뜻을 가진 조사입니다. 조사는 앞말에 붙여서 쓰기 때문에 '것뿐'으로 쓰는 것이 맞습니다. 그래서 '나에게는 너뿐이야', '학교에서뿐만 아니라 집에서도'처럼 쓰죠. 뒤에 나오는 '뿐'은 의존 명사이므로 앞말에 띄어서 써야 합니다. '나이만 많다 뿐이지 생각은 어리다', '웃고만 있을 뿐 아무 말이 없었다'처럼 쓰죠.

'뿐'은 앞에 체언(명사, 대명사, 수사)이나 부사어가 오면 붙여서 쓰고 어미 ㄹ 또는 '다'가 오면 띄어서 쓰는 경우가 많습니다. 예를 들어 '너뿐이야', '학교에서뿐만 아니라'처럼 앞에 체언이나 부사어가 오면 붙여서 쓰고 '있을 뿐', '많다 뿐이지'처럼 어미 ㄹ이나 '다'가 오면 띄어서 씁니다.

❓ '뿐'처럼 조사이면서 의존 명사인 예가 또 있나요?

'만큼'도 조사이면서 의존 명사입니다. '뿐'과 비슷하게 앞에 체언(명사, 대명사, 수사)이 오면 조사이므로 붙여서 쓰고 어미 ㄴ, ㄹ이 오면 의존 명사이므로 띄어서 쓸 가능성이 높습니다.

확인하기

- 세상에 믿을 것은 오직 (나뿐이야 / 나 뿐이야).
- 공부를 (잘할뿐만 / 잘할 뿐만) 아니라 운동도 잘했다.
- 최선을 (다했을뿐이다 / 다했을 뿐이다).

나뿐이야 | 잘할 뿐만 | 다했을 뿐이다

할수 있어 vs 할 수 있어

    요즘따라 자신감이 없는 친구에게 용기를 북돋아 주고자 메시지를 보내려고 합니다. 둘 중 뭐라고 보낼 건가요? 정답은 '할 수 있어'입니다. '수'는 "어떤 일을 할 만한 능력이나 어떤 일이 일어날 가능성"이라는 뜻을 가진 의존 명사입니다. 따라서 앞말에 띄어서 써야 합니다. '수'는 가장 대표적인 의존 명사라고 할 수 있을 만큼 자주 쓰이는데요. 주로 '갈 수 있다/없다', '먹을 수 있다/없다', '할 수 있다/없다'처럼 '수 있다/없다' 형태로 쓰이니 기억해 주세요.

? '하면 할수록 어렵다'의 '할수록'은 띄어쓰기를 어떻게 하나요?

'할수록'으로 붙여서 씁니다. '할수록'에 있는 '수'는 의존 명사가 아니라 'ㄹ수록'이라는 연결 어미의 일부이므로 붙여서 써야 합니다. 마찬가지로 '갈수록 쉬워지다', '먹을수록 살이 찐다'의 '갈수록'과 '먹을수록'도 붙여서 씁니다.

확인하기

· 지금 바로 (올수 / 올 수) 있어?
· (그럴수도 / 그럴 수도) 있겠다.
· 그러다가 (들키는수가 / 들키는 수가) 있어.

올 수 | 그럴 수도 | 들키는 수가

싫다

보고싶다 vs 보고 싶다

그립다는 말은 어떻게 하는 것이 맞을까요? '보고 싶다'라고 띄어서 써야 합니다. '가고 싶다', '사고 싶다'도 마찬가지예요. '싶다'는 동사나 형용사 뒤에서 의미를 보충하는 보조 용언이므로 앞말에 띄어서 씁니다. 보조 용언은 앞말에 붙여서 쓰는 것이 허용되는 경우도 있지만 '싶다'는 앞말에 띄어서 써야 합니다.

❓ '날 잊은 듯싶다'의 '싶다'는 띄어쓰기를 어떻게 하나요?

'날 잊은 듯싶다'로 붙여서 쓰는 것이 맞습니다. '듯싶다'도 보조 용언인데요. '듯싶다'는 '싶다'와 상관없이 하나의 독립된 단어로 굳어졌습니다. '성싶다'도 마찬가지입니다. '걷는 것도 좋을 성싶다', '나쁜 사람은 아닌 성싶다'처럼 '성싶다'라고 붙여서 써야 합니다.

확인하기

- 살을 빼려면 (먹고싶어도 / 먹고 싶어도) 참아야 해.
- 날도 좋은데 놀러 (갈까싶어 / 갈까 싶어).
- 오늘도 비가 많이 내릴 (듯싶다 / 듯 싶다).

먹고 싶어도 | 갈까 싶어 | 듯싶다

[모던걸씨 / 모던걸 씨] 안녕하세요

우리가 일상에서 흔히 틀리는 띄어쓰기 중 하나인데요. 이때 '씨'는 앞말에 의존해서 쓰는 의존 명사이므로 '모던걸 씨'처럼 띄어서 쓰는 것이 맞습니다. 220쪽에서 소개한 '띄어쓰기 원칙'에 "성과 이름, 성과 호 등은 붙여 쓰고, 이에 덧붙는 호칭어, 관직명 등은 띄어 쓴다"라는 원칙이 있었습니다. 다만 위 문장처럼 사람을 부를 때가 아니라 '김씨 가문', '그의 성은 이씨다'처럼 가문을 일컬을 때는 붙여서 쓴다는 점을 유의하세요.

? '모던걸 님'의 '님'은 띄어쓰기를 어떻게 하나요?

'님'도 의존 명사이므로 앞말에 띄어서 쓰는 것이 맞습니다. 참고로 '님'이라고 부르는 것이 '씨'보다는 높임의 의미를 갖고 있어요. 따라서 상대를 높여 말할 때는 '모던걸 씨'라고 부르는 것보다는 '모던걸 님'이라고 부르는 것이 좋습니다. 마찬가지로 '군', '양', '박사' 등도 앞말과 띄어서 씁니다. 그런데 '님'을 앞말에 붙여서 쓸 때가 있는데요. '교수님', '대표님', '회장님'처럼 직위나 신분을 나타내는 말 뒤에 붙어 높임의 뜻을 더할 때는 의존 명사가 아니라 접사이므로 붙여서 씁니다.

확인하기

· 이 사업의 담당자는 (모던보이씨입니다 / 모던보이 씨입니다).
· 대상 후보로 (홍길동님을 / 홍길동 님을) 추천합니다.
· 경주 (최씨 / 최 씨) 부자 이야기는 우리에게 귀감이 될 만하다.

모던보이 씨입니다 | 홍길동 님을 | 최씨

16 줄

하룻강아지 범 무서운줄 모른다

철없이 함부로 덤비는 경우를 비유하는 속담입니다. 그런데 위 문장에서 틀린 것을 발견했나요? '무서운줄'이 아니라 '무서운 줄'이라고 띄어서 써야 합니다. 이때 쓰인 '줄'은 어떤 방법이나 셈속 등을 나타내는 의존 명사이므로 앞말에 띄어서 쓰는 것이 맞습니다. 그래서 '그는 어쩔 줄 몰라 했다', '네가 나한테 이럴 줄 몰랐어', '이게 뭔 줄 알아?'처럼 쓰죠. 주로 뒤에 '알다'나 '모르다'가 오는 것이 특징입니다.

확인하기

· 내가 (모를줄 / 모를 줄) 알고?

· 그것도 (할줄 / 할 줄) 모르네.

· 너무 빨라서 (치타인줄 / 치타인 줄) 알았어.

모를 줄 | 할 줄 | 치타인 줄

4장 원리로 이해하는 핵심 띄어쓰기 20   255

여기에 산 지 오래됐는데 아직도 어디가 어디인지 잘 모르겠어

　위 문장에는 '지'가 두 번 나옵니다. 그런데 앞에 나오는 '산 지'는 띄어서 썼고 뒤에 나오는 '어디인지'는 붙여서 썼는데요. 그 이유는 두 '지'가 서로 다른 단어이기 때문입니다. 앞에 나온 '지'는 어떤 일이 있던 때부터 지금까지의 시간을 나타내는 의존 명사이므로 앞말에 띄어서 씁니다. '먹은 지 얼마 안 됐다', '쓴 지 오래됐다'처럼요. 반면 뒤에 나온 '지'는 정확히 말하면 '지'가 아니라 'ㄴ지'입니다. 'ㄴ지'는 '이다'나 형용사의 어간 뒤에 붙어서 막연한 의문을 나타내는 어미로, 'ㄴ지'가 한 묶음이므로 붙여서 씁니다. '몇 살인지', '어디인지', '얼마나 큰지'처럼 붙여서 쓰죠. 추가로 '몇 살일지', '어디일지', '얼마나 클지'처럼 'ㄹ지'도 붙여서 써야 합니다.

💬 '지'가 시간의 의미를 갖고 있다면 띄어서 쓰세요. 시간의 의미를 갖고 있다면 의존 명사 '지'일 가능성이 큽니다.

확인하기

- 이게 (맞는지 틀린지 / 맞는 지 틀린 지) 모르겠다.
- 우리가 (만난지도 / 만난 지도) 참 오래됐구나.
- 사업을 (시작한지도 / 시작한 지도) 벌써 3년이 지났다.

맞는지 틀린지 | 만난 지도 | 시작한 지도

텐데

여기에 볶음밥 해 먹으면 딱 좋을텐데

삼겹살, 닭갈비, 주꾸미볶음, 무엇이든 마무리는 역시 볶음밥이죠. 그런데 이상한 것을 찾았나요? '좋을텐데'를 '좋을 텐데'로 썼으면 더 좋았을 텐데요. '텐데'는 '터인데'의 줄임말입니다. '터'가 예정, 추측, 의지를 나타내는 의존 명사이므로 앞말에 띄어서 써야 합니다. 따라서 '터인데'가 줄어든 '텐데'도 앞말과 띄어서 쓰는 것이 맞습니다. '분명히 있을 텐데', '힘드실 텐데 감사해요'처럼 씁니다.

? '할 테고', '할 테니까'도 띄어서 쓰나요?

'할 테고'는 '할 터이고', '할 테니까'는 '할 터이니까'의 줄임말입니다.
'터'가 의존 명사이기 때문에 둘 다 앞말과 띄어서 쓰는 것이 맞습니다.

확인하기

· (배고플텐데 / 배고플 텐데) 얼른 먹어.

· 이 선물을 좋아해야 (할텐데 / 할 텐데).

· 이쯤 되면 (올텐데 / 올 텐데).

배고플 텐데 | 할 텐데 | 올 텐데

시험을 한번 봤다

시험을 한 차례 봤다는 의미일까요? 아니면 시험 삼아서 시험을 봤다는 의미일까요? 정답은 '시험 삼아서 시험을 봤다'라는 의미입니다. 시험을 1회 봤다고 하려면 '한 번'이라고 띄어서 쓰는 것이 맞습니다. '한 번'과 '한번'은 뜻이 다르기 때문인데요. '한 번'은 '한'과 '번'이라는 2개의 단어로 구성돼 있습니다. '한'은 '두', '세', '네', '다섯'처럼 수량을 나타내는 관형사이고 '번'은 횟수를 나타내는 의존 명사입니다. 각각은 독립된 단어이므로 '한 번', '두 번', '세 번', '네 번', '다섯 번'처럼 띄어서 씁니다. 즉, 횟수를 나타낼 때는 '한 번'처럼 띄어서 써야 합니다. 반면 '한번'은 하나의 단어이므로 붙여서 씁니다. 이때 '한번'은 '한번 해 보다'처럼 어떤 일을 시험 삼아 시도한다는 의미나 '날씨 한번 좋네'처럼 강조의 의미를 갖고 있습니다. 또한 '집에 한번 놀러 오세요'나 '한번 시작하면 멈출 수 없다'처럼 쓰기도 합니다.

'한 번'이나 '한번'이 쓰인 자리에 '두 번', '세 번'을 넣어서 말이 되면 '한 번'을, 안 되면 '한번'을 쓰세요.

확인하기

· 춤 (한번 / 한 번) 잘 추네.

· (한번 / 한 번) 만에 성공했다.

· 예전에 (한번은 / 한 번은) 이런 일도 있었어.

한번 | 한 번 | 한번은

우리말 공부를 열심히 (해야한다 / 해야 한다)

대한민국 국민으로서 우리말 공부는 열심히 '해야 하는' 것이 맞습니다. '해야 한다'는 '하여야 한다'의 줄임말인데요. '한다'의 기본형인 '하다'가 위 문장에서는 보조 용언으로 쓰였습니다. 이 보조 용언 '하다'가 '여야 하다'의 형태로 쓰일 때는 앞말과 띄어서 써야 합니다. 그래서 '해야 한다'처럼 쓰죠. '가야 한다', '먹어야 한다', '봐야 한다' 등도 모두 띄어서 쓰는 것이 맞습니다.

? '해야겠다'도 띄어서 써야 하나요?

'해야겠다'는 붙여서 써야 합니다. '해야겠다'는 '하여야 하겠다'의 줄임 말로, '하여야'가 '해야'로 줄고 '하겠다'에서 '하'가 빠진 모양입니다. 그런데 이때 '겠'이 어미라 앞말에 붙여서 써야 하므로 '해야겠다'는 붙여서 씁니다. 마찬가지로 '가야겠다', '먹어야겠다', '봐야겠다' 등도 모두 붙여서 써야 합니다.

확인하기

· 오늘 (해야할 / 해야 할) 일 다 했어?
· 앞으로도 잘 (지내야해 / 지내야 해).
· 아미로서 BTS 공연은 꼭 보러 (가야겠어 / 가야 겠어).

해야 할 | 지내야 해 | 가야겠어

5장

맞춤법을
절대 틀리지 않는 법

지금까지 우리가 자주 틀리는 맞춤법 80개와 띄어쓰기 20개에 대해 알아봤습니다. 그런데 글을 쓰다 보면 헷갈리는 맞춤법은 이보다 더 많을 것입니다. 그렇다면 어떻게 하면 본 책에서 소개하지 않은 맞춤법들도 안 틀릴 수 있을까요?

클래식은 영원하다 : 국어사전

"한국 사람이 국어사전을 본다고? 사전은 영어 공부할 때 쓰는 거 아냐?"

사전은 단어의 뜻뿐만 아니라 단어의 표준 형태를 표기해 놓은 책입니다. 그래서 본인이 쓰고자 하는 말의 규범 표기를 보려면 사전을 찾아보면 됩니다. 예전에는 두꺼운 종이 사전을 봐야 했지만 이제는 컴퓨터나 핸드폰으로 손쉽게 온라인 사전을 이용할 수 있습니다.

제가 가장 추천하는 온라인 사전은 '네이버 국어사전'입니다. 접근하기가 쉽기 때문인데요. 네이버 사이트에서 '네이버 국어사전'이라고 검색한 뒤 접속하거나 핸드폰에 '네이버 사전' 애플리케이션을 설치하면 손쉽게 접속할 수 있습니다.

예를 들어 '케이크'인지 '케잌'인지 헷갈릴 때는 '케잌'이라고 검색하면 '케잌'은 잘못된 표기이고 '케이크'가 맞는 표기라고 나옵니다. 또한 '무난하다'와 '문안하다'가 헷갈릴 때는 '무난하다'와 '문안하다'

를 각각 검색해 본 뒤 본인이 원하는 뜻에 맞게 쓰면 됩니다.

궁금한 말이 동사나 형용사라면 기본형을 검색하면 좋습니다. 예를 들어 '무난한 옷'인지 '문안한 옷'인지 헷갈릴 때는 '무난한'이나 '문안한'을 검색하기보다 '무난하다'와 '문안하다'를 각각 검색하는 게 좋습니다. 요즘에는 검색 기술이 발달해 어느 것을 검색해도 대체로 상관없지만 기본형을 검색할 때 더 정확한 결과를 얻을 가능성이 큽니다.

띄어쓰기도 사전을 참고할 수 있는데요. 사전에는 단어의 뜻뿐만 아니라 단어의 품사도 함께 표기돼 있습니다. 즉, 검색한 단어의 품사가 조사면 앞말에 붙여서 쓰고 의존 명사면 띄어서 쓰면 됩니다. 또한 사전에 있는 예문을 참고하는 것도 방법입니다.

하지만 사전은 규범적 표기를 알려 준다는 점은 좋은데 궁금증을 100% 해결해 주지는 못합니다. 왜 틀렸는지, 차이가 무엇인지에 대해서는 설명해 주지 않죠. 그래서 다음에서 소개하는 방법을 이용할 수도 있습니다.

정부에서 직접 알려 드립니다 : 국립국어원

국립국어원은 우리의 말과 글과 관련된 정책을 만들고 시행하며, 국민의 바르고 편리한 언어생활을 지원하기 위한 사업을 수행하고자 만들어진 정부 소속 기관입니다. 국립국어원 홈페이지[51]에서는 『표준국

---

51 www.korean.go.kr

어대사전』과 「한글 맞춤법」, 「표준어 규정」 등의 어문 규범을 살펴볼 수 있습니다.

그중에서도 '온라인가나다'라는 서비스가 매우 흥미로운데요. 사람들이 우리말 맞춤법과 관련해 궁금한 내용을 질문하면 국립국어원에서 답변해 줍니다. 정부의 국어 전담 기관에서 직접 답변해 주니 신뢰도도 높겠죠. 홈페이지 검색창에 본인이 궁금한 내용을 검색하면 사람들이 했던 질문과 답변을 모두 볼 수 있습니다. 만약 본인이 찾는 내용이 없다면 질문을 남기고 답변을 기다리면 됩니다.

또한 국립국어원에서 운영하는 '우리말365'라는 카카오톡 채널이 있습니다. 카카오톡에서 친구 추가를 한 뒤 질문을 메시지로 보내면 답장을 해 줍니다. 담당자가 답변하기 쉽도록 질문을 간단히 하면 더 빠르고 정확한 답변을 얻을 수 있습니다.

왕도는 없다 : 반복 또 반복

올바른 우리말 맞춤법에 익숙해지는 가장 좋은 방법은 맞춤법에 맞게 쓴 글을 많이 보는 것입니다. 우선 책을 많이 읽는 것을 추천합니다. 책을 읽으면 다양한 분야의 전문적인 정보를 얻을 수 있을 뿐만 아니라 본인이 경험하지 못한 것들을 간접적으로 경험함으로써 시야도 확장할 수 있는데요. 책의 장점은 이뿐만이 아닙니다. 맞춤법에 맞는 말로 쓰여 있다는 것도 장점입니다. 책에는 저자와 편집자의 정교한 교

열을 거친 정제된 언어들이 쓰여 있습니다. 그래서 책을 많이 읽으면 올바른 표기 형태에 자연스럽게 많이 노출됩니다. 익숙해지면 본인도 모르는 사이에 어떤 맞춤법이 맞고 어떤 맞춤법이 틀린지 알게 되죠. 그래서 책을 많이 읽는 것이 중요합니다. 또한 이메일이든 메시지든 보고서든 글을 쓸 때마다 본인이 쓰는 말의 맞춤법을 의식하면서 반복적으로 찾아보는 것도 좋은 방법입니다.

마지막으로 본 책을 책장에 꽂아 두고 생각날 때마다 꺼내서 읽어 보세요. 헷갈릴 때마다 계속 찾아보다 보면 어느 순간 고민하지 않고 올바른 우리말 맞춤법을 쓰는 자신을 발견할 수 있을 것입니다.

맞춤법 80 한눈에 보기

순서	맞춤법	앞	뒤	순서	맞춤법	앞	뒤
01	가르치다-가리키다	O	O	20	네가-니가	O	X
02	같아-같애-같어	O	X	X	21	늘리다-늘이다	O	O
03	갱신하다-경신하다	O	O	22	다르다-틀리다	O	O
04	거-꺼	O	X	23	당기다-땡기다	O	X
05	건대-컨대	O	O	24	대-데	O	O
06	건드리다-건들이다	O	X	25	대가-댓가	O	X
07	걸-껄	O	X	26	던지-든지	O	O
08	게-께	O	O	27	도대체-도데체	O	X
09	결재하다-결제하다	O	O	28	돼-되	O	O
10	고-구	O	X	29	들르다-들리다	O	O
11	구지-굳이	X	O	30	띄다-띠다	O	O
12	귀걸이-귀고리	O	O	31	량-양	O	O
13	금새-금세	△	O	32	로서-로써	O	O
14	깨끗이-깨끗히	O	X	33	률-율	O	O
15	껍데기-껍질	O	O	34	맞추다-맞히다	O	O
16	난-란	O	O	35	매다-메다	O	O
17	날라가다-날아가다	X	O	36	며칠-몇 일	O	X
18	낫다-낳다	O	O	37	무난하다-문안하다	O	O
19	네-예	O	O	38	바라다-바래다	O	O

물어보기 부끄러워 묻지 못한 맞춤법 & 띄어쓰기 100

순서	맞춤법	앞	뒤	순서	맞춤법	앞	뒤
39	반드시-반듯이	O	O	60	오랜만-오랫만	O	X
40	벌리다-벌이다	O	O	61	왠-웬	O	O
41	봬다-뵈다	X	O	62	위-윗	O	O
42	부수다-부시다	O	O	63	이따가-있다가	O	O
43	부치다-붙이다	O	O	64	일부러-일부로	O	O
44	빌려-빌어	O	O	65	잃다-잊다	O	O
45	설거지-설겆이	O	X	66	재고-제고	O	O
46	설레다-설레이다	O	X	67	재작년-제작년	O	X
47	실증-싫증	O	O	68	조리다-졸이다	O	O
58	십시오-십시요	O	X	69	좇다-쫓다	O	O
49	아니오-아니요	O	O	70	죠-줘	O	O
50	안-않	O	O	71	중개-중계	O	O
51	알맞는-알맞은	X	O	72	지양하다-지향하다	O	O
52	어따 대고-얻다 대고	X	O	73	채-체	O	O
53	어떡해-어떻게	O	O	74	케이크-케잌	O	X
54	어짜피-어차피	X	O	75	켜다-키다	O	△
55	었다-였다	O	O	76	하내-하네	X	O
56	에-의	O	O	77	하려고-할려고	O	X
57	에요-예요	O	O	78	하므로-함으로	O	O
58	역할-역활	O	X	79	희안하다-희한하다	X	O
59	연애-연예	O	O	80	힘듦-힘듬	O	X

나가며

━━ 그래서, 너는 맞춤법 하나도 안 틀려?

그럴 리가 있나요. 저도 친구들과 이야기할 땐 맞춤법에 맞지 않는 표현을 쓰기도 합니다. 급할 땐 맞춤법은 뒷전일 때도 있고요. 물어보기 부끄러워 몰래 국어사전을 검색한 적, 제 유튜브에서 틀린 맞춤법을 발견하고 마음을 졸인 적도 여러 번 있답니다. 혹시 본 책에서 틀린 맞춤법을 발견했나요? 우선 심심한 사과의 말씀을 전하며 너그러운 마음으로 양해 부탁드립니다. 국어국문학 전공자로서, 맞춤법 유튜버로서, 또 한국인으로서 내가 쓰는 말과 글에 항상 신경을 쓰고 관심을 갖는 마음은 진심입니다. 그 마음이 본 책을 통해 여러분께 닿았길 바랍니다. 혹시라도 본 책에 틀린 맞춤법이 있었다면 출판사 홈페이지와 제 SNS에 게시할 예정입니다.

최대한 쉽고 간단하게 맞춤법을 설명하려 했습니다. 그러다 보니 다 담지 못한 내용들이 있어 아쉽기도 합니다. 사실 우리가 쓰는 언어는 간단하지가 않죠. 본 책에서 설명한 것보다 규칙도, 예외도 많습니다. 심지어는 학자에 따라서 의견이 갈리거나 아직 정확하게 규명되지 않아 논란이 있는 항목들도 많습니다. 또한 언어는 역사성이 있어서 새로운 개념이 생기면 새로운 단어가 생기기도 하고 오래도록 안 쓰면 단어가 사라지기도 합니다. 마찬가지로 맞춤법, 표준어, 띄어쓰기 등의 규정도 시간이 지나면 바뀌기도 합니다. 따라서 본 책에서 다루지 못한 심화적인 부분이나 변화하는 맞춤법 규정, 표준어 등이 궁금하다면 관련 책과 국립국어원 홈페이지를 추가적으로 참고하는 것을 추천합니다.

역사상 어느 때보다 맞춤법을 틀리기 쉬운 때가 아닌가 싶습니다. 메신저든, SNS든 글을 쓸 일 자체가 많아지면서 맞춤법을 틀릴 확률도 같이 올라갔죠. 아이러니한 것은 역사상 어느 때보다 맞춤법을 지키기 쉬운 때이기도 하다는 것입니다. 더 이상 두꺼운 국어사전을 한 장 한 장 넘길 필요가 없어졌고 정확성이 높은 맞춤법 검사기들도 많아졌습니다. 심지어 국립국어원에서 직접 카카오톡으로 맞춤법 질문을 실시간으로 받아주는 시대죠. 맞춤법을 지키고 싶다는 마음만 있으면 되는 때입니다. 여러분의 교양 있는 삶을 위해 시대의 혜택을 마음껏 누리길 바랍니다.

본 책 역시 이 시대의 덕을 많이 봤습니다. 많은 내용을 국립국어원 『표준국어대사전』의 뜻풀이와 온라인가나다에 있는 질문과 답, 그리고 우리말365에 문의했던 내용을 참고했습니다. 이 자리를 빌려 국어의 발전을 위해 노력하고 계신 국립국어원, 그리고 학자분들께 존경과 감사의 뜻을 전합니다. 또한 본 책이 나오기까지 각양각색으로 응원해 준 가족 및 지인들과 수고해 주신 편집자님을 비롯한 출판사 관계자분들께도 감사합니다.

마지막으로 끝까지 읽어 주신 여러분들께도 감사의 인사를 전합니다. 본 책이 여러분들의 교양 있는 삶을 위해 조금이라도 도움이 됐길 바랍니다. 그럼 여러분, 오늘도 교양 있는 하루 보내세요!

물어보기 부끄러워 묻지 못한

맞춤법 & 띄어쓰기 100

초판 1쇄 발행 2022년 10월 9일
초판 3쇄 발행 2024년 4월 8일

지은이   박선주(모던걸)
펴낸이   이종두
펴낸곳   ㈜새로운 제안

기획·편집 장아름
디자인   이지선
영업   문성빈, 김남권, 조용훈
경영지원   이정민, 김효선

주소   경기도 부천시 조마루로385번길 122 삼보테크노타워 2002호
홈페이지   www.jean.co.kr
쇼핑몰   www.baek2.kr(백두도서쇼핑몰)
SNS   인스타그램(@newjeanbook), 페이스북(@srwjean)
이메일   newjeanbook@naver.com
전화   032) 719-8041
팩스   032) 719-8042
등록   2005년 12월 22일 제386-3010000251002005000320호
ISBN   978-89-5533-634-4(03800)